· 名家守赏版 ·

契诃夫戏剧全集

万尼亚舅舅

———— ·⁂· ————

1

Дядя Ваня

Антон Павлович Чехов

安东·巴甫洛维奇·契诃夫 著

焦菊隐 译

上海译文出版社

目 录

导读
董晓　内敛的幽默，是契诃夫戏剧最深刻的幽默 ... I

万尼亚舅舅 1
　人物表 3
　第一幕 5
　第二幕 25
　第三幕 51
　第四幕 77

* 导 读 *

内敛的幽默,是契诃夫戏剧最深刻的幽默

董 晓

安东·巴甫洛维奇·契诃夫常说:"生活中并不总是发生上吊、服毒、三角恋、歇斯底里,更多的时候是人们在平静地喝茶、聊天。但是,就在这喝茶和聊天中,有的人的幸福生成了,有的人的幸福毁掉了。戏剧家就应当去表现这种看似平淡的生活"。显然,这与当时欧洲最受欢迎的剧作家易卜生"环环相扣,层层递进"的戏剧冲突表现方式,是两种不同的理念。

剧本《万尼亚舅舅》创作于一八九五年,于一八九七年上演,是继《海鸥》之后体现了契诃夫独特的戏剧风格的又一力作。这是一部四幕乡村生活即景剧。剧情发生在退休教授谢列勃里雅科夫的庄园里。谢列勃里亚科夫退休之后,从城里搬到前妻乡下庄园里居住。庄园里住着他病故的前妻的母亲玛丽雅·瓦西里耶夫娜、前妻的弟弟万尼亚、前妻的女儿索尼娅。长期以来,全

家以教授为荣,把他看作精神的向导,为他的每一部著作欢呼。万尼亚和索尼娅在庄园里辛勤工作,奉养着教授。可是如今,万尼亚终于痛苦地发现,他一直崇拜的教授原来是一个不学无术的家伙,长期霸占着教授的岗位,写着人云亦云的东西,没有任何真知灼见。万尼亚看到自己的青春就在对伪学者的崇拜之中虚度了。他陷入了从未有过的悲哀之中,开始对生活感到绝望。当他再次看见谢列勃里亚科夫回乡,心中充满了深深的怨恨,觉得自己的荒废与当年对教授的盲目崇拜直接相关,如若不然,今天说不定已经成为陀思妥耶夫斯基或者叔本华了。他的朋友阿斯特罗夫医生时常到庄园来做客。医生热爱俄罗斯森林,是一个对大自然很有感情的人。他的善良、责任感深深吸引了索尼娅。索尼娅爱上了他。但善良的索尼娅并没有得到回报,阿斯特罗夫医生对教授的妻子叶莲娜情有独钟。而苦闷中的万尼亚也爱着叶莲娜。叶莲娜对自己丈夫的忠实并不能掩饰她内心的悔恨,她无法掩盖对婚姻生活的失望。退休后经济面临窘困的教授打算卖掉田产,这激起了万尼亚等人极大的愤怒。百般怨恨交集在一起,盛怒之下,万尼亚向教授开了枪,但并未击中。教授决定偕妻子离开庄园。庄园又恢复了往日的宁静。经受了感情的痛苦折磨的索尼娅望着同样被痛苦煎熬的万尼亚舅舅,动情地说:"我们要继续活下去!……"

与前一个剧本《海鸥》相仿，在《万尼亚舅舅》这部戏里，依然存在着多重人物之间的情感冲突：万尼亚与教授谢列勃里亚科夫之间、万尼亚与教授之妻叶莲娜之间、医生阿斯特罗夫与叶莲娜之间、阿斯特罗夫与索尼娅之间，以及教授与妻子叶莲娜之间，均存在着情感冲突。整部戏就在这多重情感冲突相互交织的背景中，凸显了一种无奈与忧郁的基调。剧本因此而充满了忧郁的抒情气氛。契诃夫在剧本中充分运用了停顿、潜台词等艺术手法，烘托了全剧抒情氛围的生成。通过表现万尼亚的迷茫、困顿与失望，契诃夫传达了对生活之荒诞与无奈的深刻感悟。此外，契诃夫在剧中塑造的人物形象亦是非常成功的。谢列勃里亚科夫这个不学无术的大学教授形象，万尼亚舅舅这个青春被毁、信念被破的伤感之人的形象，都很有艺术感染力。而医生阿斯特罗夫身上则体现了契诃夫本人许多美好的信念。医生对俄罗斯森林的情感，正是契诃夫本人的情感，医生所说的"人身上应当一切都是美好的，他的容貌、衣着、灵魂和思想。只有这样才是完美的"，正是契诃夫本人的思想。

契诃夫的喜剧精神是独特的。人们当然不再怀疑契诃夫的幽默才能，却仍然惊诧于他将《万尼亚舅舅》称作"令人愉快的戏"。这部戏给人的印象是忧郁的抒情，和一般观念中"愉快的喜剧"相差甚远。

理解契诃夫的戏剧，关键就在于理解其中独特的喜剧精神。虽然《万尼亚舅舅》里有像帖列金这样典型的轻松喜剧式人物，但真正代表契诃夫戏剧内在喜剧精神的，还不是他。也就是说，契诃夫戏剧的喜剧特质和本质，并不体现为人物的滑稽性举止。万尼亚身上的轻松喜剧成分并不多，反倒是颇具感伤气质：他是一个受到命运捉弄的不幸的主人公，在对偶像的盲目崇拜中白白耗尽了自己的青春与才华，到了四十多岁的年纪，突然意识到青春已枉然流逝，对于一位自认为才华堪比叔本华或陀思妥耶夫斯基的中年男子而言，再没有比这更加痛苦的事了。然而，万尼亚在品尝人生的苦果时，总是力图从悲剧性命运的缠绕中解脱出来。他一方面以滑稽喜剧式人物的言行消解自身的悲剧性，比如，向老教授的年轻妻子献殷勤而遭拒，持枪射杀老教授而不中。另一方面，尤为重要的是，万尼亚的苦闷不仅仅通过他近乎滑稽小丑式的行为举止得以宣泄，更是通过试图找回内心平静的努力被弱化，对教授的射杀未遂和对教授之妻叶莲娜的求爱未果，部分地实现了他的自我解脱，戏剧结尾处万尼亚重又与命运达成妥协，无奈地与教授重归于好，更是体现了这个人物为了摆脱内心痛苦的煎熬，试图实现自我解脱的心理愿望。他在面对厄运的消极抵抗中不时地通过自我解嘲，成功超脱了来自现实的压力，避免了悲剧性毁灭。主人公面对厄运的这种态度赋予了人物自身喜剧性的特质。

别林斯基说过，"悲剧的实质……是在于冲突，即在于人心的自然欲望与道德责任或仅仅与不可克服的障碍之间的冲突、斗争"。也就是说，人物的悲剧性源自与不可克服的障碍的不可调和的斗争，换言之，喜剧性人物则是对这一不可调和之对立的消解和超越。黑格尔在《美学》中论及喜剧性时指出，"喜剧性一般是主体本身使自己的动作发生矛盾，自己又把这矛盾解决掉，从而感到安慰，建立了自信心。……现时遭到毁灭的只是空虚的无足轻重的东西。……超然于有限生存之上，藐视一切挫折和失败，保持着坚定的安全感"。黑格尔要求喜剧性人物要有一种"精神上的绝对自由，一种随遇而安、逍遥自在的态度"。而这种随遇而安、逍遥自在的态度，正是契诃夫笔下的戏剧人物面对生活重压时的妥协。这便应了黑格尔所说的"主体本身使自己的动作发生矛盾，自己又把这矛盾解决掉，从而感到安慰，建立了自信心"。

叶莲娜同样有理由感叹命运的不幸。年轻幼稚让她轻易地崇拜上了老教授，甘愿为他奉献青春与美貌。面对阿斯特罗夫医生的感情攻势，叶莲娜既暗自享受获得爱情的幸福，同时更品尝到命运不济的苦涩。不过，契诃夫并没有试图唤起观众对叶莲娜太多的同情与怜恼，因为在他笔下，这个人物同样取得了应对命运折磨的逍遥心态。她周旋于阿斯特罗夫医生与万尼亚之间，欣赏着、享受着来自这两个男人的情感攻势，甚至略带狡黠与残忍地享受着索尼娅失恋的痛苦。这一切使叶莲娜从自身的悲剧性遭遇中解脱出来。她内心深处隐藏着的深深的痛苦，在一次次并不过火的感情游戏中被部分地稀释掉了。舞台上呈现的不是一位因悔于当初的轻率无知而勇敢地冲破家庭牢笼的悲壮女性形象，而是一位虽有叹息扼腕，却也坦然接受命运的安排、自觉地消解掉对立情绪的女性形象。

谢列勃里亚科夫教授是《万尼亚舅舅》里喜剧性较强的一个人物。他身上既有轻松滑稽式喜剧人物的特征，比如被万尼亚持枪追着跑的情景，亦有某种内在的喜剧性。一个著作等身的无才之辈，他内心的自我认识其实非常清晰，他知晓自身的弱点，知晓万尼亚对他的怨恨，也知晓年轻貌美的妻子内心的真实想法，但他并未激化与万尼亚和叶莲娜的矛盾，而是竭力淡化，竭力与他们和解。戏的最后，他也如愿以偿了。这样一个不学无术却又享尽荣誉的"著名的无名之辈"，靠着虚假的名声占有了叶莲娜的青春，耗尽了万尼亚的才华和劳动，在契诃夫的剧作中却并没有引起观众强烈的厌恶，盖因这个戏剧人物以其内在的喜剧性调和了本该激化的矛盾，淡化了其间的悲剧性情愫。

万尼亚的母亲玛丽雅具有非常外显的喜剧性。她虽然不能算做典型的轻松喜剧式人物,但她的言行举止中透出的行动与现实的巨大反差性和无自知之明性,使这个人物的滑稽性得以增强。

《万尼亚舅舅》里的人物内在本质的喜剧性还在于他们以对未来的坦然,建立起了继续生活下去的信心,与命运达成了某种和解,以一种随遇而安、逍遥自在的态度,获得了精神上的某种自由。

万尼亚、叶莲娜、谢列勃里亚科夫,连同玛丽雅和轻松喜剧式人物帖列金,共同形成了整个剧作的喜剧氛围。在这个氛围中,少女索尼娅和阿斯特罗夫医生的悲剧情愫得以遏制。

契诃夫的戏剧表现,多为具有悲剧感伤性质的题材:在《万尼亚舅舅》中,万尼亚徒然感叹青春的虚度与才华的浪费,阿斯特罗夫因抱负无法实现而消沉,索尼娅独自品尝着无望爱情的苦果。所有这一切均可构成典型的悲剧性冲突。然而在这部戏里,悲剧性冲突并未实现,而是被契诃夫巧妙地遏制住了。契诃夫遏制悲剧冲突的主要方式就是实现舞台的静态化。那么,这种静态化是如何做到的呢?我们发现,契诃夫是通过展现人物行动的阻滞、对话交流的隔阂、言语的停顿,以及对人物行动环境背景的抒情氛围的烘托这些艺术手法实现静态化的。

易卜生的戏剧深得欧洲观众的青睐,他的戏充满了激烈的戏剧动作。而契诃夫的戏恰恰缺乏这种动作性,目的是要遏制悲剧因素的激化,增强内在的喜剧性。《万尼亚舅舅》这部戏从舞台动作上看,竟是在原地踏步:万尼亚对老教授的不满虽然很强烈,至剧末却又归于平静。第四幕又回到了第一幕的场景,仿佛构成了一个圆圈,好像什么也未曾发生。人物行动的阻滞往往与人物间语言交流的阻滞联系在一起。品读之下,不难体会到,人物间的许多对话根本不能称之为对话,而是各说各的独白。这就是语言交流的阻滞。它加剧了人物行动的延缓与停滞,增强了静态感。停顿是契诃夫经常使用的艺术手段,其作用自然是为了让人们充分体味人物情感之间丰富的潜流,加强舞台的静态性。在《万尼亚舅舅》里,契诃夫多次巧妙地运用了停顿这一艺术手段。

契诃夫的戏剧给人的整体印象是抒情意味。飘散着淡淡哀愁的抒情气氛烘托出舞台的忧郁情调,使被不断阻滞的行动与剧作家忧郁的抒情相交融,增强了观众的静态体验。比如《万尼亚舅舅》的第四幕,当老教授与妻子终于离开了庄园,庄园的生活重又恢复到从前的样子时,老奶妈玛丽娜、索尼娅、万尼亚和他的母亲各自说出的相同台词,"他们走了",营造出一种舒缓、感伤的抒情气氛,渲染了舞台上此刻的静态效果。这句多次重复的台词,连同剧作家在括号中表现人物此刻的动作的说明文字(玛丽娜"坐到圈椅上织毛袜",索尼娅"擦拭眼睛"和"拿着墨水瓶去灌墨水",玛丽雅"慢慢地走""坐下埋头读书"),构成一幅宁静的画面,促使人们去细细品味平静之下涌动的潜流。同样,剧中帖列金弹着吉他轻声哼唱,以及老奶妈召唤鸡群发出的声音,都增添了当下情境里的抒情因素,消磨、钝化了人物行动的外在冲突性,突显了舞台的静态特质。

契诃夫追求静态化是为了弱化悲剧冲突。外在冲突淡化了,内在冲突得以深化,即深化了人与环境、时间的冲突。这是契诃夫对二十世纪戏剧的贡献。人与人的冲突在《万尼亚舅舅》里转化为人在灰色的生活面前自由选择的无法实现。

《万尼亚舅舅》的整体基调是忧郁的。忧郁也是契诃夫的天性。忧郁的情调赋予了这部剧作独特的韵味:幸福可望而不可即,生活中充满了无奈的荒诞感。这是我们在这部戏里品味到的主题。然而,契诃夫的忧郁又有其特点:忧郁与幽默紧密融合,互相诠释。基于幽默的天性,他总是以诙谐态度对待剧本里的人与事,无论题材多么沉重。《万尼亚舅舅》中的人物的痛苦,均是契诃夫对人生的忧郁体验,但契诃夫对忧郁的艺术表达,渗透了独特的幽默的艺术个性，不仅以无处不在的轻松喜剧因素不断冲淡忧郁氛围，更重要的是，契诃夫以他独特的喜剧眼光，将体验着痛苦的主人公们从崇高的悲剧氛围中拉出来，赋予他们潜在喜剧性色彩，使戏剧主人公没有成为典型的悲剧式人物，他们的忧郁与痛苦在剧作家艺术构思的作用下，没有径直传染给观众，而是被剧作家潜在地"轻松化"了。所以，人们不会为剧中人物的不幸而流泪，但对人生的无奈感受，却远比戏剧人物要悲凉得多。这就是契诃夫的幽默所起的作用。这种艺术功效，是契诃夫戏剧重要的艺术特征。

契诃夫戏剧里，幽默隐含了更深的忧郁，是一种内敛的幽默，是契诃夫戏剧世界中最深刻的幽默。当契诃夫将幽默与对人生的无奈感受相交融时，幽默就深化、发展成独特的内敛的幽默。我们在《万尼亚舅舅》里品味到的，正是这种内敛的幽默。从轻松独幕喜剧那外显的诙谐转化为内敛的幽默，体现了剧作家喜剧精神的升华与深化，即从对事物表面的滑稽性的表现，深化为对生活之本质的喜剧式感悟。《万尼亚舅舅》这部充满忧郁之情的剧作内在喜剧性的生成，体现出剧作家思考人生的深刻喜剧精神。正是凭藉着将外显的幽默内敛化，戏剧舞台上方才呈现出淡淡的抒情氛围。这时，契诃夫已不再是一个逗人发笑的诙谐家，而是将幽默诙谐内化为超然于上的对生活的审视眼光。以冷峻的眼光俯视剧中人物的生存境遇，使契诃夫的剧作具有了真正的喜剧本质。

生活事件本身并无悲剧喜剧之分，关键是艺术家以何种主体精神加以审美的关注。理性地对待生活，就会有喜剧精神；情感地对待生活，则为悲剧精神。在可悲的事件中寻找荒诞的可笑性，是契诃夫的艺术倾向。以喜剧精神审视生活中的感伤情境，就会颠覆这个情境的庄严性。在《万尼亚舅舅》里，万尼亚对青春、才华的枉然流逝所发出的无奈感叹，没有被契诃夫用来感怀人生的悲苦，而是成为契诃夫喜剧式审视立场下一个忧郁而滑稽的人物所发出的忧郁的抒情，由此，契诃夫完成了对苦难人生的喜剧式体察——穿透生活的不幸，发现生活的荒诞本质。当人们发现自己付出的努力只是一种虚幻时，他便不会再有悲剧式的悲愤激情，而会变得冷峻和平静。《万尼亚舅舅》所包含的人生感悟，便是这样一种真正喜剧性的冷酷之情。

契诃夫在世的时候，他的影响力远比不上欧洲的现代戏剧之父易卜生。这一方面是因为易卜生以其敏锐的社会问题剧（《玩偶之家》《人民公敌》等）为欧洲现代戏剧注入了清醒的现实主义精神和高昂的人道主义激情，另一方面，易卜生戏剧那层层递进、环环相扣的戏剧冲突呈现方式颇受欧洲观众的青睐。契诃夫戏剧那淡化了激烈冲突的抒情风格，却难以获得观众的赏识。然而，契诃夫去世后，当人们对当代世界的荒诞性有了深刻的体验后，才恍然发现，原来契诃夫的戏里竟蕴涵着对人无奈的生存状态的深刻表达，透过契诃夫戏剧忧郁的抒情，人们看到契诃夫体察人的生存境遇的深邃眼光。于是，愈来愈多的人开始着迷于契诃夫戏剧那悠远淡雅的意境，愈来愈多的剧作家开始受到契诃夫的影响。由此，契诃夫为二十世纪现代戏剧的发展打下了深深的烙印。一百多年来，包括《万尼亚舅舅》在内的契诃夫的戏目，仍然在世界各地不断上演，契诃夫戏剧的当代意义不断得到凸显，因为人们通过他的戏，能够获得透过悲凉的事物发现滑稽与荒诞的能力，对当代世界有更加冷峻的审视，从而赋予了自身更为睿智的眼光。

万尼亚舅舅[*]

四幕乡村生活即景剧

一八九六年

* 原译为"凡尼亚舅舅",现从通译。——编者

人物表

谢列勃里雅科夫,亚历山大·弗拉基米罗维奇——退休的教授。

叶莲娜·安德烈耶夫娜(列娜)——他的太太,二十七岁。

索菲雅·亚历山德罗夫娜(索尼娅)——教授前妻的女儿。

沃伊尼茨卡娅,玛丽雅·瓦西里耶夫娜——教授前妻的母亲,寡妇,亡夫是一个重要官员。

沃伊尼茨基,伊凡·彼特罗维奇(万尼亚)——她的儿子。

阿斯特罗夫,米哈伊尔·里沃维奇——医生。

帖列金,伊里亚·伊里奇——破落地主。

玛里娜——老乳母。

一个长工。

故事发生在谢列勃里雅科夫的庄园里。

第一幕

花园。背景处,可以看见房子的凉台和房子正面的一部分。园径上,在一棵老白杨树底下,一张桌子上已经摆好了茶具。四周是些椅子和长凳。一张长凳上放着一把吉他。稍靠后方,一架秋千。下午,将近三点钟。阴天。

玛里娜,一个老态龙钟的矮小老太婆,坐在茶炉前面。她织着毛线,阿斯特罗夫走来走去。

玛里娜 (倒着一杯茶)喝点茶吧,我的好先生。

阿斯特罗夫 (不太有兴致地端起杯子)我不大想喝。

玛里娜 要不来一小盅酒吧?

阿斯特罗夫 不,我并不天天喝酒,再说天气又闷。

〔停顿。

老妈妈,咱们认识有多久啦?

玛里娜 (思索着)多久哇?让我稍微想一想……可说,

你是什么时候……到我们这个地方来的呢？……那时候，索尼娅的妈，维拉·彼特罗夫娜，还在世呢。你是在她去世的前两年里头，到我们家里来的……这么说，可有十一年啦。（思索了一会）谁知道呢，也许还多……

阿斯特罗夫　我现在变得很厉害吧？

玛里娜　可不是！那时候你年轻、漂亮。啊，你近来可老多啦。要说到漂亮，你可不如从前啦。真作孽呀！都是叫你喝的这点儿酒给闹的……

阿斯特罗夫　可不是吗……这十年哪，把我可给变成另一个人了。原因呢？我工作得太多啦，老妈妈。从早到晚，我总是跑来跑去，一会儿都不停。就连到了夜间，躺在床上，我还是提心吊胆，生怕又叫人家喊了去看病啊。从你认识我那天起，我就一直没有清闲过一天。有什么办法不老呢？而且，除此以外，生活本身就多么无聊、愚蠢、叫人恶心啊……把人都给陷进去了。到处尽是些稀奇古怪的人。你和他们一起活上两三年，连你自己也就变得稀奇古怪了。这是无可避免的呀。（抚摸自己的长胡须）我由着它长出来了这么两撇长胡子——简直就滑稽……哈！这不是吗，老妈妈，你看我这不是也变成了一个古怪的人了吗？……可这不等于说，我比别人更蠢，感谢上帝，幸而还没有，我的脑子照旧清楚。只是，感情有点麻木了，我什么也不想要，对什么事也不感兴趣，对什么人也没有情感了……叫我觉得亲近的，也许只有你一个人了。（吻吻她的头发）我小的时候，也有一个奶妈，很像你。

玛里娜　你也许想吃点什么东西吧？

阿斯特罗夫　不，也不过半个月以前，在受难周里头，我被人叫到玛利茨科耶村里去，那儿发生了传染病……斑疹伤寒……家家都躺满了病人。到处是垃圾、臭气、烟；病人和小牛、猪一齐躺在地上。我一直辛苦到半夜，连歇一歇的工夫都没有，一口饭也没有来得及吃。完了事，你想我总可以休息一下了吧？好啊，可不是吗！我一回到家里，又给我送来了一个铁路上打旗子的。我想给他开刀，可是一上麻药，他就死在我的怀里了。当时，正是我不知道感触有什么用的时候，我的感触却又突然冒出来了，我感到良心的痛疚，就仿佛是我故意把他杀了似的……我于是闭着眼睛坐下去——你看，就像这个样子，——我就想了：活在我们以后几百年的人们，他们的道路是由我们给开辟的，可是他们会对我们说一句感谢的话吗？……不会,准的。对吧，老妈妈？

玛里娜　人们会忘记我们，可上帝总不会忘记我们的。

阿斯特罗夫　说得可真好啊，老妈妈，谢谢你这句恰当的话。

　　［沃伊尼茨基上。

沃伊尼茨基　（从房子里走出来，从他懒洋洋的神色上，可以看出他是刚睡醒了午觉的。他坐在一张长凳上，整理他所打的漂亮领结）可不是……

　　［停顿。

　　啊！可不是……

阿斯特罗夫　你睡得好吗？

沃伊尼茨基　好……很好。（打呵欠）自从这位教授和他的太太住到咱们这儿来，家里的生活就全颠倒错乱了……我没法子按时候睡觉，开饭也尽给你带些辣味儿的汁子和葡萄酒吃……这对健康没有一点好处哇。从前，我们没有一分钟的清闲。跟你们说真的，索尼娅和我两个人，我们从前无时无刻不在工作，可现在呢，只有她一个人在工作了，我却成天吃、喝、睡……这样可不好啊。

玛里娜　（摇头）这过的叫什么日子呀！茶炉打早晨就开啦，可是你得一个劲儿地等着这位教授，他不睡到快晌午就不起来。你还想照着家家户户的样子，准到一点钟就吃饭吗？他们没来以前，倒是那样，可是自从他们一到哇，七点钟你才能上桌子！教授整夜地看书、写东西——总是，后半夜快两点啦，一声铃儿响……什么事呀，我的天哪？敢情是要茶！先生要喝茶！这就得把人都叫起来，生茶炉……这叫什么日子呀，主啊！

阿斯特罗夫 他们打算长住吗？

沃伊尼茨基 （轻轻地吹口哨）要住到世界末日。教授准备在这儿落户了。

玛里娜 天天像现在这个样子。打两点就把茶炉摆在桌上啦，可是他们偏又散步去啦，好像没有这么回事似的。

沃伊尼茨基 他们来啦，他们来啦……别说啦。

　　［传来人声。谢列勃里雅科夫，叶莲娜·安德烈耶夫娜，索尼娅和帖列金出现在花园的深处，他们刚刚散步回来。

谢列勃里雅科夫 真是一个可爱的地方……多么优美的风景啊。

帖列金 独一无二的风景，教授大人。

索尼娅 爸爸，我们想明天到护林区去。你愿意跟我们一起去吗？

沃伊尼茨基 入座吧，先生太太们！

谢列勃里雅科夫 我的朋友们，费心把茶送到我的书房去吧。我今天还有不少工作呢。

索尼娅 你一定会喜欢那片护林区的。

　　［叶莲娜·安德烈耶夫娜，谢列勃里雅科夫和索尼娅走进房子。帖列金走到桌边，挨着玛里娜

9

坐下。

沃伊尼茨基 天气这么热，这么闷，可是我们亲爱的大师，既不想脱大衣，又不想脱胶皮套靴；甚至连手套和雨伞都还离不开。

阿斯特罗夫 他这是保重自己呀。

沃伊尼茨基 她多么美丽呀！我一辈子没有看见过比她更美的女人啦。

帖列金 我心里觉得高兴极啦，玛里娜·季摩菲耶夫娜。田地里多么美，这座花园多么阴凉，这张桌子，又多么开人胃口啊！天气这么好，小鸟在欢唱，咱们是生活在一种和谐的生活里呀。一个人还能再想望什么呢？（端起一杯茶来）真是感谢极啦。

沃伊尼茨基 （出神幻想着）多么美的眼睛啊……真是一个可爱的女人。

阿斯特罗夫 给我们讲点什么听听吧，伊凡·彼特罗维奇。

沃伊尼茨基 （没有兴致地）你要叫我跟你说什么呢？

阿斯特罗夫 难道没有一点新鲜的事吗？

沃伊尼茨基 一点也没有。一切都是老样子。我自己也没有改变，或者倒也可以说是改变了，那就是变得没出息了：我懒惰了，什么也不做，成天到晚地抱怨。我的母亲，这位老喜鹊呢，还总是乱发议论，大谈她的妇女解放。她已经一脚入土了，却还想在她那些渊博的书本子里找新生活的预兆呢。

阿斯特罗夫 那位教授呢?

沃伊尼茨基 教授从清晨到深夜,一直关在他的屋子里,不住手地写。

> "眉头紧皱着,手里把着笔,
> 我们写呀写,用尽了全力。
> 著作虽然已经那么多,
> 我们却还在空望着称誉而叹息。"[1]

真可惜这些纸张啊!教授倒是应该写写自己的回忆录。他是个多么可敬爱的人物呀。你设想一下吧,一个退休的教授,这样一个老家伙,这样一个有学问的猴子……又有痛风、风湿性关节炎、偏头痛、由于羡慕和嫉妒得来的黄疸病……这个老猴子,住在他前妻的庄园里,而且是不得不住的,因为住在城里他就没有办法生活。可是,他心里虽然确实感到十分幸福,嘴里却还不断地抱怨。(激动地往下说)然而就想想他这一辈子里有多么运气吧!他是乡下教堂里一个小小的看管圣衣人的儿

---

[1] 伊·德米特里耶夫的讽刺诗《诽谤者》中的诗句。(脚注如无特别注明,均为译者注。)

子。他开始是个神学校学生，学位一步步地提高，得到了种种头衔和大学的讲席。于是就成了"教授大人"了，接着，又成了一个政府要员的女婿，以及其他等等。虽然如此，这实在还不是重要的。倒是请想一想这个情形吧：他这个人，二十五年以来，一直在教授艺术，一直在写艺术论文，可是艺术是什么，他却连一点一滴也不懂。二十五年来，他一直都是撮拾别人的见解，在高谈现实主义、自然主义和其他类似的谬论。这么些年里，他所写的和所教的，整个都是读过书的人老早就知道了的，而没知识的人却又一点也不感兴趣。这就等于说，他整整讲了二十五年的废话。可是你看他又多么自以为了不起呀！多么装腔作势呀！现在，他这一退休，连一个鬼也不知道他的名字啦。这是一个著名的无名之辈啊……他就这样把一个不应该得到的位置，占据了二十五年，可是，你看看他昂着头走路的样子，至少像个半仙呢……

阿斯特罗夫 可是，我敢说，你好像是在嫉妒啊！

沃伊尼茨基 一点也不错，我是在嫉妒！你看他在女人身上，有多么大的成功！任凭哪一个唐璜也不能夸口，说自己像他这样成功。他的前妻，我的姐姐，是一个出类拔萃的人物。温柔、纯洁得像这片碧蓝的天空，满怀伟大崇高的感情，向她求婚的人，比他一辈子的学生还要多。可是她爱上了他，就像只有天使才能做到的那样，爱一个和自己同样纯洁、完美的生灵。我的母亲，直到今天，还是那样宠爱她这个女婿；现在甚至进而对他感到一种敬神似的畏惧。他这位第二个太太——你刚刚不是看见了吗——是一个极美丽、极聪明的女人，居然不嫌他老，嫁给了他。她为他牺牲了自己的青春，自己的美貌，自己的自由和自己的成功。这是为什么呢？她在他身上发现了什么呢？

阿斯特罗夫 她对教授一直忠实吗？

沃伊尼茨基 很不幸，是这样。

阿斯特罗夫 怎么说是不幸的呢？

沃伊尼茨基 因为这种忠实是彻头彻尾靠不住的。这种忠实，全是花言巧语，然而，逻辑的必然性呢，可一点也没有。人都这么说，欺骗一个叫你厌恶的老丈夫，是不道德的。然而，故意窒息自己的青春和勃发的感情，却没有人认为这是道德的啊。

帖列金 （带着哭声）万尼亚，我不喜欢听你说这类的话。要那样，可像什么样子了呢？……很显然，欺骗自己太太的，或者欺骗自己丈夫的，都是一个靠不住的人，都能够出卖他的祖国！

沃伊尼茨基 （不高兴）咳，你呀，住嘴吧，小蜜蜂窝！

帖列金 得让我说说，万尼亚。我结婚的第二天，我的太太就跟她的情人跑了。这都是因为我的相貌配不上她。可是我并没有背弃我的天职。我一直还是那么爱她,我始终对她忠实,我尽我的力量帮助她,我牺牲了所有的一切,来教育她跟她所爱的那个男人生下的孩子。我固然失去了自己的幸福,可是我却保持住了我的骄傲。然而她呢?她的青春和她的美貌,却遵照着大自然的不变的法则,在似水流年的风霜之下,都已经凋谢了,心爱的人也死了……她可保持住了些什么呢?

〔索尼娅和叶莲娜·安德烈耶夫娜上。稍停一会,玛丽雅·瓦西里耶夫娜出现,手里拿着一本书。她坐下,看书。出神地喝着端给她的茶。

索尼娅 (向她的奶妈,急急忙忙地)老妈妈,来了几个佃户。去看看他们有什么事。我来照顾茶好了。(倒茶)

〔奶妈下。叶莲娜·安德烈耶夫娜端着一杯茶,坐到秋千上去喝。

阿斯特罗夫 (向叶莲娜·安德烈耶夫娜)我是来瞧你丈夫的,你给我写信,说他病得很厉害,说是犯了风湿症和别的什么病,可是,你看他却健康得很呀!

叶莲娜·安德烈耶夫娜 他昨天晚上觉得不舒服,说是两条腿疼,今天又没有什么了……

阿斯特罗夫 我可骑着马飞跑了三十里呀!说起来,又有什么关系呢，反正这也不是头一回啦！然而我既然来了，就在你们这儿住到明天吧，我要 quantum satis[1] 睡个够。

索尼娅 这是个好主意。你难得在我们家里过夜！我敢打赌，你准还没有吃饭呢。

阿斯特罗夫 对了，还没有。

索尼娅 好极了，你就跟我们一块儿吃吧。现在我们总是七点钟才开午饭。（把茶杯送到唇边）茶冷了。

帖列金 茶炉里水的温度早已经大大地降低了。

叶莲娜·安德烈耶夫娜 有什么关系呢，伊凡·伊凡诺维奇，咱们就喝凉的好了。

帖列金 对不住……我不叫伊凡·伊凡诺维奇，我叫伊里亚·伊里奇……伊里亚·伊里奇·帖列金，供你呼唤，或者，还可以像某些人那样，叫我"小蜜蜂窝"，因为我脸上有麻子。我很荣幸地在洗礼盘上抱过索尼娅，[2]而教授大人，你这位丈夫呢，也跟我熟极了。我现在住在你们家，就在这座庄园里……你大概已经垂顾到，我是一直跟你们一起吃饭的了吧？

索尼娅 伊里亚·伊里奇帮了我们很多忙。他是我们一

---

[1] 拉丁语，尽量地。
[2] 东正教俗，婴儿出生以后，三天之内要施行洗礼，行礼时，在亲友中选定一位男性或女性长辈，由他（她）把婴儿抱到洗礼盘上。这个人便是婴儿的教父或教母。

个很得力的人。(亲切地)教父，把你的茶杯递给我，我再给你斟点去。

玛丽雅·瓦西里耶夫娜　哎呀！

索尼娅　什么事呀，外婆？

玛丽雅·瓦西里耶夫娜　我忘记通知亚历山大了……瞧我的记性都跑到哪儿去啦？……我刚收到哈尔科夫寄来的一封信，巴维尔·阿列克塞耶维奇写的……他把他新出的小册子送给了我们……

阿斯特罗夫　有趣吗？

玛丽雅·瓦西里耶夫娜　有趣，只是有一点奇怪。他又反驳起他自己七年以前的主张来啦，你们就想想看。真是可怕呀！

沃伊尼茨基　这一点也没有什么可怕的。还是喝喝你的茶吧，妈妈。

玛丽雅·瓦西里耶夫娜　可是我想谈谈我的意见！

沃伊尼茨基　我们发表意见，读小册子，已经有五十年了。现在该是打住的时候了。

玛丽雅·瓦西里耶夫娜　我不知道你为什么不欢喜听我说话。不要生我的气，Jean[1]，可是，我得说，最近这一年来，你变得叫我一点也不认识了……你从前

---

[1] 法国儿童取名，以 Jean（让）、Jacques（雅克）等为多，所以这些名字变成了称呼一般儿童和伙伴的名词。俄国上流社会、知识分子喜欢说法国话，用法国名字，以此为高雅。

可是一个很有主张、很清醒的人啊……

沃伊尼茨基 哈！要说那呀，是的。我从前是个清醒的人，可是清醒对谁也没有过什么用处……

〔停顿。

一个清醒的人！玩笑可真也不能开得再刻薄了！我现在四十七岁了，直到去年为止，我一直像你一样，用整套经院哲学，迷住自己的眼睛，故意不去正视生活。我还认为做得很不错呢。可是现在呀，你可真不知道啊！我把以往的光阴浪费得多么愚蠢啊，不然的话，我在现在这个岁数上已经没有能力再做的事情，早就都可以实现了，我一想到这里，就悔恨、愤怒得再也睡不着觉啦！

索尼娅 万尼亚舅舅，这话多叫人难过啊！

玛丽雅·瓦西里耶夫娜 （向她的儿子）你似乎把错处都推在你过去的信仰上了……然而那些信仰一点也没有错处，错处只在你自己。你从来没有记住，光有主张没用处，那只是些死字眼……你早就应该行动。

沃伊尼茨基 行动？世上谁也不是一架排字机器，谁也不能像你那位 Herr Professor[1] 那样，成为一台 perpetuum mobile[2]。

---

1 德国人习惯把对方所有的头衔一起称呼出来，以表示尊敬。这里万尼亚用了一个德国式的称呼，是含着讽刺意味的。
2 拉丁语，不朽的自动机器。

玛丽雅·瓦西里耶夫娜　你这话是什么意思？

索尼娅　（恳求地）外婆！万尼亚舅舅！我求求你们啦！

沃伊尼茨基　好，我不说话！我不说话，我道一百个歉。

〔停顿。

叶莲娜·安德烈耶夫娜　今天天气多好啊……不顶热……

〔停顿。

沃伊尼茨基　刚好是上吊的天气……

〔帖列金调试着吉他。玛里娜唤着小鸡走过房子前边。

玛里娜　鸡儿，鸡儿，鸡儿……

索尼娅　佃户们有什么事？

玛里娜　还不是老一套。又是地都荒啦。鸡儿，鸡儿，鸡儿……

索尼娅　你叫哪一个呀？

玛里娜　小黑子领着它新孵的一群雏儿跑开啦……我怕叫老雕把它们给叼了去啊……（下）

〔帖列金弹着一段波尔卡舞曲。大家都默然听着。一个长工上。

长工　大夫在这儿吗？（向阿斯特罗夫）走吧，米哈伊尔·里沃维奇。有人来找你。

阿斯特罗夫　哪儿来的？

长工　打工厂来的。

阿斯特罗夫 （不高兴地）多谢了！一点办法也没有，只好走啦……（找他的帽子）多倒霉！叫他们都下……

索尼娅 这真叫人扫兴！……晚上再来吃晚饭吧。

阿斯特罗夫 不啦，谢谢。那恐怕太晚了，我就不能再来了……（向长工）你知道怎么办吗，我的朋友，那就给我弄杯伏特加来吧。

〔长工下。

不幸中的不幸啊……（找到了帽子）奥斯特洛夫斯基的某个剧本里，有一个人物，两撇胡子长得很大，可是智力挺小……嗯，这个人物呀，就是我。先生太太们，我告辞了……（向叶莲娜·安德烈耶夫娜）如果你肯赏光和索菲雅·亚历山德罗夫娜一同到我那儿光临一次，我是很荣幸的。我的庄园很普通，只有三十亩左右，但是如果你有兴趣的话，我可以告诉你，我那儿那座模范的花园和那些苗圃，是你在这周围几百里地以内所找不到的。我的庄园，紧挨着皇家森林……那个护林官老了，总是生着病，所以，实际上管理那片森林的是我。

叶莲娜·安德烈耶夫娜 我早已经听说你是非常喜爱森林的。这当然是极其有用的一种事业了，不过那不妨碍你的正业吗？因为你究竟是一个医生啊。

阿斯特罗夫 只有上帝才知道，我们的正业，究竟在什么地方。

叶莲娜·安德烈耶夫娜　那至少有趣味吧？

阿斯特罗夫　是的。这是一种有趣味的工作。

沃伊尼茨基　（嘲笑地）非常有趣味啊！

叶莲娜·安德烈耶夫娜　（向阿斯特罗夫）你还年轻呢。看上去也不过是……也就说是三十六、三十七岁的样子吧……所以我想这种事情不会像你所说的那样有趣。老是那么一片森林，我倒觉得有点单调。

索尼娅　不，那真有趣极了。米哈伊尔·里沃维奇每年都要种些树木，他已经得到过一个铜质奖章和一张奖状呢。他尽力要叫现存的森林不再遭受任意的破坏。不过这一点让他自己跟你细说吧：你听了就会同意他的意见。他说，森林能使土地变得更美丽，能培养我们的美感，能够提高我们的灵魂。森林能减轻气候的严寒。在气候温和的国度里，人就不必耗费太多的精力去和大自然搏斗，所以那些地方的风土人情，就比较柔和，比较可爱。那里的居民是美丽的、灵巧的、敏感的，他们的言谈优雅，他们的动作大方。在那样的国度里，科学和艺术是绚烂的，人们的哲学是乐观的，男人对待女人是很有礼貌的……

沃伊尼茨基　（笑着）好哇，好哇！这些话确是很漂亮，然而很难叫人信服。（向阿斯特罗夫）因此，亲爱的朋友，还是准我照旧砍树来生我的火炉子，来盖我的牲口棚子吧。

阿斯特罗夫 取暖，你可以用土煤，盖牲口棚子呢，你可以用石头。即使退一步说，我承认你可以在必要的情形下去砍伐树木，但是为什么一定要毁掉森林呢？在俄国，森林经常遭受斧斤的摧残，树木已经减少了几十亿。野兽和禽鸟再也没有藏身之处，我们的河流也都日见涸竭，优美的风景一去不复返，这一切，都是由于居民没有足够的良知，又太懒惰，不肯弯一弯腰，从地底下去采取燃料。（向叶莲娜·安德烈耶夫娜）不是这样吗，夫人？只有没开化的野人，才会把这些美丽的东西，都烧在他的火炉子里，才会把我们没有能力再造的东西，都一齐毁坏啊。人类本来赋有智慧和创造力，足以增加他所要使用的财富，然而，直到目前为止，他们却只知道破坏而不去创造。于是森林越来越少，河流日见枯竭，禽兽绝迹，气候反常，我们的土地因此一天比一天丧失了它的美丽和财富。（向沃伊尼茨基）你用这种嘲笑的神气看着我，好像我的话是无稽之谈，是吧？……实际上也很可能是我的想法有一点怪诞，然而，每当我走过我从斧斤之下解救出来的乡间森林的时候，或者，每当我听见我亲手所栽种的树木，簇叶迎风微微发出响声的时候，我就觉得气候确是有一点受我的支配了,我也觉得,如果一千年以后,人们生活得更幸福的话,那里边也许有我的一点菲薄的贡献吧。每当我栽种了一棵桦树之后,看见它接着发起绿来,随着微风摇摆,我的心里就充满了骄傲,我就觉得……(看见那个长工,给他用托盘端了伏特加来)总之……(喝酒)我该走了。当然,这些话实际上也许都不太重要。我告辞了。(向房子走去)

索尼娅　(挽着他的胳膊,送他)你什么时候再到我们这儿来呀?

阿斯特罗夫　这我一点也不知道……

索尼娅　又要等上一个月吗?……

　　〔阿斯特罗夫和索尼娅走进屋子。玛丽雅·瓦西里耶夫娜和帖列金仍然坐在桌旁。叶莲娜·安德烈耶夫娜和沃伊尼茨基向凉台走去。

叶莲娜·安德烈耶夫娜　你刚才又不像话了,伊凡·彼特罗维奇。你为什么要跟玛丽雅·瓦西里耶夫娜说perpetuum mobile,招她生气呢,而且,今天早晨吃早点的时候,你又和亚历山大争论起来了,你的气量多么小啊。

沃伊尼茨基　要是我恨他,可又怎么办呢?

叶莲娜·安德烈耶夫娜　你没有任何仇恨亚历山大的理由。他和我们大家都一样,无论如何总不比你坏。

沃伊尼茨基　你也不瞧瞧你自己。瞧瞧你的脸，瞧瞧你的举止……多么懒散，多么无精打采呀！

叶莲娜·安德烈耶夫娜　我是厌倦，我是烦闷啊。谁都攻击我的丈夫，谁都可怜我，说：这个可怜的小女人啊，嫁了这么一个老丈夫！啊！这种对我的怜惜，我可太懂得了！你还记得阿斯特罗夫的话吗？你们简直是疯了，你们毁坏森林，使得地面上不久就再也没有森林了。可是你们对于人类的灵魂，也是这样的做法呀，因为你们，这地面上不久就要再也找不到忠实、纯洁和自我牺牲了。如果一个女人不属于你们，你们为什么就不能冷静地看待她呢？啊，这位医生说得真对呀，这是因为你们个个都具有一种破坏的本性。你们无论对于森林，对于禽鸟，对于女人，对于人类，都一样地没有怜悯心哪。

沃伊尼茨基　这种哲学我一点也不喜欢。

〔停顿。

叶莲娜·安德烈耶夫娜　这位医生的脸色是紧张的，疲倦的。不过倒是不讨厌。看样子索尼娅很喜欢他。她爱上了他，这我是了解她的。自从我到这儿以后，他来过三次了，但是我胆小，我没敢跟他谈话，也没有照道理跟他寒暄几句。他一定会认为我的脾气不好。伊凡·彼特罗维奇，我觉得，为什么他和我都是你的这么好的朋友呢？就是因为，他和我，都是很烦闷的，都是不满意于生活的人啊。是的，确是很烦闷哪！不要这样看着我，我不喜欢这样。

沃伊尼茨基　如果我爱你，我能不这样看你吗？你是我的幸福，我的生命，我的青春！啊，我很知道，我差不多是绝对没有得到回报的运气的，我如果作那样的打算，可就是妄想了，但是，我所要求的，也只是请你允许我这样看着你，允许我听听你的声音啊……

叶莲娜·安德烈耶夫娜　说话声音低一点，会让人听见的！

　　　〔他们向房子走去。

沃伊尼茨基　（跟在叶莲娜·安德烈耶夫娜身后）不要赶走我。让我跟你表表我的爱情，就已经是我的极大的幸福了……

叶莲娜·安德烈耶夫娜　这可叫人受不了呀……

　　　〔他们走进屋子。帖列金拨着琴弦，弹起一支波尔卡舞曲。玛丽雅·瓦西里耶夫娜在小册子上写着批注。

　　　　　　　　　　　　　　　　　　——幕落

第二幕

谢列勃里雅科夫家里的一间饭厅。夜间。花园里传来巡夜人的打更声。谢列勃里雅科夫靠着一扇敞开的窗口,坐在一张圈椅上打盹。叶莲娜·安德烈耶夫娜坐在他的旁边,也在打盹。

谢列勃里雅科夫 (惊醒)是谁?是你吗,索尼娅?

叶莲娜·安德烈耶夫娜 是我。

谢列勃里雅科夫 是你呀,列娜……我疼得厉害。

叶莲娜·安德烈耶夫娜 你的毯子都溜下来了。(给他重新把腿裹上)亚历山大,我去关上窗子吧。

谢列勃里雅科夫 不要,闷得很……刚才我半睡半醒的,梦见了我的左腿掉了。我觉得一阵扎心的疼,就疼醒了。不,这不是痛风病,恐怕是风湿性关节炎。几点钟了?

叶莲娜·安德烈耶夫娜 十二点二十分。

　　[停顿。

谢列勃里雅科夫　不要忘记明天早晨到藏书室去找找巴丘什科夫的著作。我好像看见过。

叶莲娜·安德烈耶夫娜　你说什么？

谢列勃里雅科夫　一到明天早晨，就想法子找找巴丘什科夫的著作。我仿佛记得我们的藏书室里有。可是，我怎么觉得这样喘不上气来呀？

叶莲娜·安德烈耶夫娜　你疲劳了。你这是连着两夜不能睡了。

谢列勃里雅科夫　听说屠格涅夫得的痛风病，后来变成了心绞痛。我真怕我的病也会变成这个样子。上了年纪，可真讨厌啊！可真该死啊。我一上了年纪，就连自己都讨厌起自己来了，所以，你们能有多么讨厌我，我想象得出来。

叶莲娜·安德烈耶夫娜　听你这样说，还叫人以为，你上了年纪，都是我们的错处呢。

谢列勃里雅科夫　可是讨厌我的，头一个就是你。

　　[叶莲娜·安德烈耶夫娜走开几步，坐到一旁去。

当然，你讨厌得对。我并不糊涂，我全明白。你年轻、美丽，身体又结实，你强烈地需要生活，而我是一个老头子，差不多是一个快死的人了。我说得不对吗？那么，你以为我不明白，我还这么非活下去不可，不是一件糊涂事吗？但是不要怕，我叫你们摆脱这个障碍的日子也就快啦。我也活不了多久了。

叶莲娜·安德烈耶夫娜　我可再也受不住了……看在老天爷的分上,住嘴吧。

谢列勃里雅科夫　要按着你们的话推测呢,你们都受不住了,你们都厌烦了,都因为我把你们的青春糟蹋了。幸福的,享受着生活的快乐的,只有我一个人。情形确是这样,对吧?

叶莲娜·安德烈耶夫娜　住嘴吧,你简直叫我忍耐不下去了!

谢列勃里雅科夫　当然了,我叫你们个个都忍耐不下去了。

叶莲娜·安德烈耶夫娜　(含着泪)这真叫人受不了啊,你要我怎么样呢?你就说说吧!

谢列勃里雅科夫　一点也不怎么样。

叶莲娜·安德烈耶夫娜　那么就住嘴吧,我求你。

谢列勃里雅科夫　总得承认这是奇怪的吧:如果是伊凡·彼特罗维奇或者是玛丽雅·瓦西里耶夫娜那个老糊涂说话呢,大家就都听着,一点也没有不耐烦,然而,我只要一张嘴,就已经叫你们个个都感到不幸了。你们甚至连我的声音都受不住。好啦,就算是我招人讨厌,我自私,我强暴吧——然而,我到了老年,难道就没有稍微表现一点自私的权利吗？难道我不配吗？我究竟总还应该享受一个清静的晚年，应该受人尊敬的吧，你们不以为然吗，我问问你们？

叶莲娜·安德烈耶夫娜　没有一个人想否认你这些权利。

〔风吹得窗子嘎嘎地响。

起风了，我来把窗子关上。（关上窗子）马上就要下雨……没有人想否认你这些权利呀。

〔停顿。

〔巡夜人的打更声。他接着唱起一支歌来。

谢列勃里雅科夫　我把一生完全贡献给了科学，我一向所接触的，也只限于书房、课堂和优秀的同事，然而，不知道为什么，我竟会一下子掉到这样一座坟墓里来，所看见的只是些愚蠢的人，所听见的只是些琐碎无聊的话……我所要的是生活，我所爱的是成功、声望、到处热烈的欢迎，而我在这里呢，却像是一个被放逐的人啊。每时每刻，我都在痛苦地回想自己的过去，我都在遥望着别人的成功，我都在怕死……我已经再也受不住了！可是你们更拿我的年老来伤我的心！

叶莲娜·安德烈耶夫娜　稍微等一等，耐心一点好啦，再过五六年我也会老的。

〔索尼娅上。

索尼娅 爸爸,是你亲口叫我们派人去请阿斯特罗夫大夫的,可是现在他来了,你又不肯见他了。这样做很不礼貌呀。我们白白麻烦了人家一趟……

谢列勃里雅科夫 我要你那位阿斯特罗夫有什么用啊?他所懂的医学,等于我所懂的天文学。

索尼娅 可是终究也不能把整整一个医学院都请来,给你治这个痛风病啊。

谢列勃里雅科夫 无论如何,我不要见这个没有本领的人。

索尼娅 随你的便吧。(坐下)我无所谓。

谢列勃里雅科夫 几点钟了?

叶莲娜·安德烈耶夫娜 快一点了。

谢列勃里雅科夫 天气真闷啊……索尼娅,把桌子上那瓶药水递给我。

索尼娅 我马上拿给你。(把小玻璃瓶递给他)

谢列勃里雅科夫 (不高兴地)不是这个,什么事都不能求你们哪!

索尼娅 我请你不要跟人找别扭。有些人也许喜欢这个,可是我呀,不要跟我这样耍性子吧。饶了我吧。而且我也没有那么多工夫,我一大清早就得起来,现在正是割麦子的时候。

〔沃伊尼茨基上。他穿着长睡衣,手里拿着一支蜡烛。

沃伊尼茨基 暴风雨就要来了。

　　［一道闪光照亮了窗子。

　　你们看，是吧！叶莲娜和索尼娅，你们两个都睡去吧，我是来替换你们的。

谢列勃里雅科夫 （害怕）不，不，不要丢下我一个人跟他在一块儿。他的议论会把我说昏了的。

沃伊尼茨基 可也得叫她们休息一下呀，她们一连两夜没有睡觉了。

谢列勃里雅科夫 叫她们睡她们的去，可是你也走开，你走开。我谢谢你，可是我恳求你，也走开。看在咱们过去友谊的分上，不要坚持吧。要争论咱们也留到以后吧。

沃伊尼茨基 （带着冷笑）咱们过去的友谊……过去的……

索尼娅 别说了吧，万尼亚舅舅。

谢列勃里雅科夫 （向他的太太）亲爱的，不要丢下我一个人跟他在一起。我受不了他那长篇大论！

沃伊尼茨基 这话简直滑稽，说真的。

　　［玛里娜拿着一支蜡烛上。

索尼娅 你睡去，老妈妈，不早了。

玛里娜 桌子上的东西还没有收拾呢。还没到睡觉的时候。

谢列勃里雅科夫 谁都不睡觉，个个都累得筋疲力尽，享福的只有我一个人啊!

玛里娜 （走到谢列勃里雅科夫跟前，慈爱地）你腿疼吗，我的老爷子？我也是，我这两条老腿，也疼得很哪。(给他裹好毯子)你这病可得了好久了。过世的维拉·彼特罗夫娜，索尼娅她妈，有时候整夜整夜的不能睡觉。她为你可真着了不少的急呀……她真爱你呀，那个可怜的……

　　[停顿。

上年纪的人就跟小孩子一样。他们很喜欢别人可怜可怜自己，可是偏偏谁也不关心他们。（吻吻谢列勃里雅科夫的肩）咱们走吧，我的老爷子，你躺下睡觉吧，我的可怜的人……等我给你泡点菩提叶[1]，等我给你暖暖这两只可怜的脚……等我给你祷告祷告上帝。

谢列勃里雅科夫 （受感动）咱们走吧，玛里娜。

玛里娜 啊！看我这两条可怜的腿呀，可说我这两条可怜的腿呀！（索尼娅帮着她搀扶他走）当年维拉·彼特罗夫娜是怎么发愁，怎么不住地哭，我还记得很清楚呢……我的小索尼娅呀，你那个时候还挺小，还是糊里糊涂的呢……走吧，走吧，我的老爷子。

　　[谢列勃里雅科夫，索尼娅和玛里娜走出去。

1　菩提叶是镇定神经的饮料，在欧洲，有些人喝菩提叶茶。

叶莲娜·安德烈耶夫娜　我可叫他给累坏了,累得简直都快站不住了。

沃伊尼茨基　你的痛苦是他给的,可是我呢,我的痛苦是自己找的。我这是一连三夜没有睡了。

叶莲娜·安德烈耶夫娜　我们这个家里,谁跟谁都弄得很不和睦。你母亲除了这位教授和她的小册子,对谁都不能容忍。我们这位亲爱的老师呢,性情不好,他又不信任我,又怕你。索尼娅生她父亲的气,也生我的气,她已经有两个星期没有跟我说话了。你呢,你恨我的丈夫,又公然瞧不起你的母亲,最后,再说到我吧,我气得浑身都觉着要往外冒火,从今天早晨起,我已经哭了二十来次了……不行,这个家里的空气,对我可太没有意义了。

沃伊尼茨基　何苦来这么一大套哲学呢!

叶莲娜·安德烈耶夫娜　伊凡·彼特罗维奇,你是聪明的,有知识的,你总应该懂得:如果世界遭受灾祸,那并不是因为有强盗,也不是因为发生火灾,而是因为有仇恨,因为彼此不和,为了种种小事而争吵不休……你早就该劝劝大家和睦,不应当这样嘟嘟囔囔地抱怨。

沃伊尼茨基　可是你先劝劝我,叫我跟我自己和睦起来吧!我的亲爱的……(吻她的手)

叶莲娜·安德烈耶夫娜　放开手!(把手抽回去)走开!

沃伊尼茨基　转眼就要下雨了，整个大自然就要重新发绿、重新活起来了。只有我一个人，是不会被暴风雨振作起精神来的。我无可挽救地浪费了自己的一生，这种想法，就像一块沉重的石头，日夜地压着我。我的过去是毫无意义的，过去，我已经在一些琐碎无聊的事情上给糟蹋了，现在呢，又是这样矛盾得可怕。我的生活和我的爱情，都是这个样子。它们有什么意义呢？我拿它们怎么办呢？我的爱情像一道阳光误入了隧道似的被糟蹋了，我糟蹋了我自己。

叶莲娜·安德烈耶夫娜　你跟我谈你的爱情的时候，我觉得我的脑子里是空的，不知道回答你什么。原谅我吧，我没有一句话能跟你说。（做了一个要走的动作）晚安。

沃伊尼茨基　（拦住她的去路）我真恨不得让你知道知道，我一想到，在这同一所房子里，就在我的身边，另外还有一个人的生活——你的生活——也是这么被糟蹋着，我就多么痛苦啊。你在等待什么呢？是什么该死的哲学把你束缚住呢？可是你得明白……

叶莲娜·安德烈耶夫娜　（紧瞪着他）伊凡·彼特罗维奇，你喝醉啦！

沃伊尼茨基　也许是……这很可能……

叶莲娜·安德烈耶夫娜　大夫在哪儿？

沃伊尼茨基　在我屋里，他在我屋里睡。啊，是呀，这很可能……实际上，什么都是可能的啊……

叶莲娜·安德烈耶夫娜　你今天又喝酒了，你为什么要这样呢？

沃伊尼茨基　我觉得这样才像个生活的样子……不要拦我喝酒，叶莲娜。

叶莲娜·安德烈耶夫娜　你以前并不喝酒，我也从来没有看见过你这样不谨慎……去睡觉吧，你烦死我了。

沃伊尼茨基　（吻她的手）我的亲爱的……我的爱！

叶莲娜·安德烈耶夫娜　（不耐烦地）放开手。这实在叫人恶心。（躲出去）

沃伊尼茨基　（一个人）她走了……

　　［停顿。

　　十年前，我有时在我去世的姐姐家里遇见她。那时候她才十七岁，我三十七。我当时为什么不爱上她呢，我为什么不向她求婚呢？那是多么可能啊，到现在，她不就是我的太太了吗……要是那样啊……就像刚才吧，我们两个人一定都会叫这场暴风雨给惊醒了的；她一定会被雷声吓坏，缩成一团，紧紧地靠着我，我也一定会把她搂得很紧，小着声音跟她说："什么也不要怕，有我在这儿啦。"多么幸福的情景啊！我就这么想一想都会愉快得笑出来的……然而，我的上帝啊，我的思路可都乱啦……我为什么老下来了呢？为什么她不了解我呢？她的言辞无非是宣扬懒惰，她那些关于人生目的的想法，也都是不严肃的、懒散的，——这一切又都使我非常厌恶啊。

[停顿。

我受了多大的骗啊！这个教授，这个叫痛风病弄得腿脚不灵的木偶，我从前可真拿他当成我的偶像啊。我为了他，牛马一般地工作过！索尼娅和我，我们在这片产业上，尽了我们一切能力挤出钱来；我们像两个穷苦的农民似的，在卖亚麻油、干豆子和干奶酪的价钱上，连一个小钱都要讨讨价还价。我们自己省吃俭用，一分一厘地积蓄起来，凑成整千整万的卢布送给他。我把他和他的学问引为自己的骄傲。我把他看得高于一切，他所写的，他所说的，我都认为是有天才的……可是现在呢，我的上帝啊！现在他退休了，咱们可以给他的一生算个总账了：他的著作，没有一行会流传后世，他无声无臭，他是一个十足的废物。原来是一个胰子泡儿啊，我明白我是受骗了，叫他骗得多可怜哪……

[阿斯特罗夫上，他微微有点醉意，穿着上衣，

但是没有穿背心,也没有系领带。帖列金跟在他身后,拿着一把吉他上。

阿斯特罗夫　弹!

帖列金　可是大家全睡了哇!

阿斯特罗夫　我叫你弹!

　　[帖列金轻轻地弹了几声。

（向沃伊尼茨基）就你一个人?没有女人吧?（两手叉着腰,低声唱)"这是我的茅屋,这是我的家,然而我却没有地方能睡下……"我是叫暴风雨给吵醒的。好一场大雨啊。大概几点钟了?

沃伊尼茨基　谁知道呢!

阿斯特罗夫　刚才我仿佛听见了叶莲娜·安德烈耶夫娜的声音。

沃伊尼茨基　她刚刚离开我。

阿斯特罗夫　真是一个绝色的女人啊。（仔细看桌上那些小玻璃瓶子）都是药水。简直成了一个药品陈列馆了!有哈尔科夫的,有莫斯科的,有图拉的……他拖着他的痛风病,把所有的城市都走遍了。他是真有病呢,还是装病呢?

沃伊尼茨基　他确实有病。

　　[停顿。

阿斯特罗夫　你今天神色愁闷,是关心教授的缘故吧?

沃伊尼茨基　叫我清静会儿吧。

阿斯特罗夫　或者，也许是因为爱上他的太太吧？

沃伊尼茨基　她是我的朋友。

阿斯特罗夫　怎么，已经……？

沃伊尼茨基　"已经"是什么意思？

阿斯特罗夫　一个女人，不连续经过这几个阶段，就不能变成你的朋友：最初是熟人，随后是情妇，最后是朋友。

沃伊尼茨基　这种议论很庸俗。

阿斯特罗夫　怎么？也对……必须承认，我确实变得庸俗不堪了。你看，我还喝醉了呢。我平日只是每个月才喝醉一次，可是一喝醉，我的脸皮就厚起来了，就极其横蛮起来。我一醉就什么也不算一回事了。我喝醉的时候，就会答应人家做最困难的手术，而且能够做得非常成功。我喝醉的时候，就能编造出规模最大的未来计划来。我喝醉的时候，就再也不觉得自己是一个可怜的怪人了，就相信自己确实是人类的一个伟大的造福者了！在我喝醉了的时候，我就有了我自己的哲学观点，我就觉得你们都是微不足道的，都像细菌那样渺小了。（向帖列金）弹啊，小蜜蜂窝！

帖列金　我非常愿意让你满意，可是你得明白，房子里个个都睡了。

阿斯特罗夫　弹！

[帖列金轻轻地弹。

要是再喝一点酒可不坏。来吧，我记得好像我们还剩下点白兰地，天一亮，我们马上就到我家去，你愿意吗？我有一个护士，他从来不说"你愿意吗"，总是说"你愿依吗"，这个人真是个可笑的家伙。那么，你愿依吗？（看见刚刚出现的索尼娅）对不住，我去打上领带去。（急忙退出，帖列金随着他下）

索尼娅 万尼亚舅舅，你又和医生喝酒了。你们真是多么好的一对朋友呀！他呢，喝酒原本是他的老毛病，可是你呢，你为什么要喝酒呢？这对于你的岁数可一点也不相当啊。

沃伊尼茨基 我的岁数和这个毫不相干。我既然放过了生活，什么都没有啦，我就只好生活在幻梦里了。

索尼娅 我们的干草全收割了，连天下雨，都烂了，可是你还在这儿忙着作梦！你不再关心这片产业了。我不得不什么都自己干，我可支持不下去了……（一惊）舅舅，你怎么流泪了！

沃伊尼茨基 流泪？一点也没有哇……咳，我这也是糊涂……我看见你这种眼神，就想起你死去的母亲来了，我的亲爱的……（热情地吻她的手和脸）我的姐姐，我的亲爱的姐姐……她现在在哪儿啦？她要是知道啊，啊，她要是知道啊！

索尼娅 她要是知道什么？

沃伊尼茨基　我心里难受，我觉得这有点可怕。不过不要紧……这我以后再跟你说吧……不要紧……我要出去一会儿。(下)

索尼娅　(敲一道门)米哈伊尔·里沃维奇！你没有睡吧？只耽误你一分钟。

阿斯特罗夫　(在门内)马上来！(稍过一会儿，他走出来，已经穿上背心，打上领带了)有什么事要我做吗？

索尼娅　如果你不讨厌酒，就请你自己喝好啦，但是我请求你，不要叫我舅舅喝，这对他的身体不好。

阿斯特罗夫　好吧，我们以后不再喝了。

〔停顿。

而且我马上就要走。这是决定了的。车一套好，天也就亮了。

索尼娅　可是下着雨呢，等到天亮以后再走吧。

阿斯特罗夫　暴风雨已经过去了，它不会把我浇得透湿的。我必须走，我请求你，以后不要再为你的父亲去叫我了。我对他说，他得的是痛风病，他却非说是风湿病不可。我嘱咐他躺在床上，他却一定要老坐在椅子上。今天他甚至不肯见我了。

索尼娅　都是大家把他惯坏了。(往碗橱里看)你想吃一点东西吗？

阿斯特罗夫　说真的，我真想吃。

索尼娅 我很喜欢在夜间吃点东西。我想食品橱里一定还剩下点什么东西。据说我父亲在女人身上一向很成功,都是这种事情把他惯坏的。这儿有点干奶酪。

〔他们两个人都站在食品橱旁边吃。

阿斯特罗夫 今天我什么东西也没有吃,光喝酒。你父亲的性情真难接近。(从食品橱里取出一瓶酒来)可以吗?(喝了一杯)现在只有咱们两个人,咱们可以坦白地谈一谈了。你知道,我觉得我在你们家里,就连一个月都活不下去,我受不住这里的这种空气……你的父亲只惦着他的痛风病和他的书,你的万尼亚舅舅,整天是那种忧郁病,你的外婆,最后,还有你的后母……

索尼娅 你对她又有什么可非难的呢?

阿斯特罗夫 一个人,只有他身上的一切——他的容貌,他的衣服,他的灵魂和他的思想——全是美的,才能算作完美。她长得美,这我同意,但是……但是,她只懂得吃,睡,散步,只懂得用她的美来迷人。她一点也没有意识到自己的责任,都是要别人为她工作……不是这样吗?然而,闲散的生活是没有一点高贵之处的。

〔停顿。

也可能我实在是太严格了。我像你的万尼亚舅舅一样,也是对生活不满意。所以才使得我们两个人都好嘟囔抱怨。

索尼娅 怎么，生活叫你不满意吗？

阿斯特罗夫 原则上，我是爱生活的，然而我们现在所过的这种生活，我可不能忍受。这种琐碎无聊的、内地的生活，我从整个心眼里都瞧不起它。至于我，至于我个人的生活，我可以向你很肯定地说，是一点也没有什么美好的地方的。你也许已经注意到了，当一个人在深夜穿过森林的时候，只要能看见远远有一道小小的光亮引导着他，他就会忘了疲乏，忘了黑暗，连扫到他脸上的树枝也都不觉得了……在这一带地方，我比谁都工作得多，这是你很清楚的，命运不断地鞭挞着我，我有时候痛苦得无法忍受，我看不见能够引导我的光亮。我自己再也没有什么可希望的了，我也不爱别人了……我老早就一个人也不爱了。

索尼娅 真的吗，一个人也不爱了吗？

阿斯特罗夫 一个人也不。只有你的老奶妈，我对她还觉得有那么一点感情，因为她在我心里唤起一些回忆。农民们都是一模一样，没有教养，肮脏；这一带有知识的人们呢，我也找不到可以和他们相通之处。他们叫我厌倦。我们那些好朋友们，个个的思想或者情感都没有一点深度，眼光都看不到自己鼻尖以外的东西。他们简直是知识浅薄啊。至于那些比较有知识的、超出一般人之上的人们，又都是些神经病患者，成天去作精神分析，成天追念过去……他们永远是呻吟叹息，而且，他们彼此之间的关系，也差不多都是病态的，他们互相埋怨，互相仇恨，互相诽谤，对于新来的人，侧目而视，而且判定说："哎呀！这个人哪，他的精神错乱了！"或者还要说："这不过是一个说大话的人罢了！"当他们不知道在我的头上贴个什么标签好的时候，就宣扬说："这个人古怪得很，古怪得很！"我爱森林——他们认为这是很奇怪的；我不吃肉——这叫他们觉得更可怀疑了。在人与人的关系上，在人对大自然的感情上，那种天真、纯洁、坦白，都没有了……没有了！（还想喝酒）

索尼娅 （阻止他）我请求你，我恳求你，不要再喝了。

阿斯特罗夫 为什么？

索尼娅 这对你太不合适！你温雅，你的声音又那么柔和……我甚至都得说，在我所认识的人们里面，你是特别美的。那么，你为什么要把自己弄成那些喝酒、打牌的普通人的样子呢？啊，我恳求你，戒了酒吧！你时常反复地说，人们不去创造，却在毁灭上帝所赐给他们的东西。那么，为什么，为什么你自己却毁灭自己呢？不要这样做，我求你，我恳求你。

阿斯特罗夫 （向她伸出手去）我不再喝了。

索尼娅 可得言而有信。

阿斯特罗夫 一言为定。

索尼娅 （用力握着他的手）谢谢。

阿斯特罗夫 过去了！我的酒意已经过去了。你看，我的头脑又清醒起来了，我会一直清醒到我最后一天的。（看了一眼自己的表）我不是总这么说吗：我把我的好年月白白放过去了，现在太晚了……我老了，我工作得太过度了，我变得庸俗烦琐了，我的感情也都磨得迟钝了，所以我觉得我心里再也不会真正地一往情深了。我谁也不爱，而且……我将来再也不会爱上谁。只有美还能吸引我一下。我觉得，比如说吧，如果叶莲娜·安德烈耶夫娜愿意的话，她倒是还可以叫我的头脑只昏上一天……然而那也不是爱，不是真正的一往情深……（用一只手遮住眼睛，打了一个寒战）

索尼娅 你怎么了？

阿斯特罗夫 没有什么……在大斋戒期里，一个病人用了我的麻药死了。

索尼娅 不要再去想它了。

　　［停顿。

告诉告诉我，米哈伊尔·里沃维奇……如果我有一个女朋友或者一个妹妹，同时如果你也知道她是……比如说，她是爱你的，那你怎么办呢？

阿斯特罗夫 （耸耸肩）我一点也不知道；确实是一点也不知道怎么办。我只有叫她明白我不能爱她……同时，我现在也没有心思想这个。如果我想走，可到了走的时候了。再见吧，亲爱的小姐，再谈下去，就是谈到天亮也谈不完啊。（握她的手）如果你允许，我想穿过客厅走了，我怕你舅舅把我留住。（下）

索尼娅 （一个人）他什么话也没有对我说……他的灵魂里和他的心里，都是怎样的情形，我一点也不知道。然而为什么我又觉得这样幸福呢？（幸福得笑起来）我跟他说——而且说得非常恰当——你温雅，心灵高尚，你的声音那么柔和……他的声音发着颤，叫人觉着安慰……到现在我觉得仿佛他还在我旁边说话呢。我跟他提到有一个妹妹的话，他没有听懂……（用力拧着自己的两只胳膊）啊！我的上帝啊，我为什么长得不美呢？自己要是知道自己丑，真是可怕呀。而我确是知道自己丑的啊……上星期天，我从礼拜堂回来，无意中听见了人家谈到我的一段话，一个女人说："多可惜呀，她的心地那么善良，灵魂那么高尚，竟会长得那么丑。"……丑……

〔叶莲娜·安德烈耶夫娜上。

叶莲娜·安德烈耶夫娜 （打开窗子）暴风雨过去了，多么新鲜的空气呀！

〔停顿。

医生呢?

索尼娅　走了。

〔停顿。

叶莲娜·安德烈耶夫娜　索菲!

索尼娅　干什么?

叶莲娜·安德烈耶夫娜　你对我这种冷淡的态度,还要继续到几时呀?咱们谁也没有对不住谁的地方。为什么当仇人呢?咱们打住吧,你愿意吗……

索尼娅　我自己老早就愿意了……(吻她)咱们不再赌气了吧。

叶莲娜·安德烈耶夫娜　这才算对呢。

〔两个人都受了感动。

索尼娅　父亲已经睡了?

叶莲娜·安德烈耶夫娜　没有,他在客厅呢……整整好几个礼拜了,咱们谁也没有理过谁一句,为什么呢?那只有上帝知道了,其实啊……(发现食品橱开着)这是怎么一回事?

索尼娅　是米哈伊尔·里沃维奇在这儿吃的晚饭。

叶莲娜·安德烈耶夫娜　这儿有一瓶子酒……为咱们的友谊干干杯吧。

索尼娅　那可再好不过了。

叶莲娜·安德烈耶夫娜　共喝一杯。(斟上一杯酒)这样好些。那么，咱们以后可就称呼你我了[1]？

索尼娅 当然喽。

　　［她们喝酒，相吻。

我老早就想跟你讲和啦，可是要跟你说出口来，又觉得怪难为情的。（哭泣）

叶莲娜·安德烈耶夫娜 你为什么哭起来啦？

索尼娅 没有什么，这一阵儿就过去啦。

叶莲娜·安德烈耶夫娜 得啦，够了，够了……（自己也哭起来）小坏东西，你招得我也哭起来了……

　　［停顿。

你认为我是为了利害关系才嫁给你父亲的，所以你才生我的气……可是如果你能相信我发的誓，我就可以跟你赌个咒，我是为了爱情结的婚。是你父亲那种学者的光荣，和那么大的名望，把我给迷惑了的。自然，这也不能算是真正的爱情，只是我自己的兴奋过度罢了，不过当时我自己觉得确是真爱嘛。要处罚我可是不公平的，我没有过失。只是从我结婚的当天起，我就已经觉着你那种充满了怀疑

1　俄罗斯的社会习惯：除去家属、至亲、爱人、好友，或对用人和小孩称呼"你"以外，一般朋友之间，通常互相尊称为"您"。按旧风俗，如果一对朋友的友谊，已经发展到知己的程度，就互相拥抱，接吻，共饮一杯酒，以后便互相称"你"。倘若不经过这种仪式，突然称对方为"你"，是很不礼貌的。叶莲娜和索尼娅在这段戏以前，是互相称"您"的，以后便互相称"你"了。

的眼光在压迫着我了!

索尼娅　够了,住嘴,住嘴吧!咱们把这一切都忘了吧。

叶莲娜·安德烈耶夫娜　我不愿意看见你眼睛里再有那种表情,这和你不相称。你应当放心别人,要不这样生活可就太苦啦。

　　[停顿。

索尼娅　像个好朋友似的,坦白地跟我说一说……你幸福吗?

叶莲娜·安德烈耶夫娜　不。

索尼娅　这我早知道。再问你一个问题。真心回答我。你不觉得倒是情愿嫁一个年轻的丈夫吗?

叶莲娜·安德烈耶夫娜　看你多么像个孩子!当然,我是那么觉得。(笑)好吧,接着盘问吧,问吧……

索尼娅　你喜欢这位医生吗?

叶莲娜·安德烈耶夫娜　对了,很喜欢。

索尼娅　(笑)你一定觉得我很愚蠢,是吧?他已经走了,可我还总听得见他的脚步和他说话的声音,我望着这道沉浸在黑暗里的窗子,可是我还觉得清清楚楚地看见了他的容貌。让我跟你叙说叙说吧……可是我不好意思大声说出来。到我屋里去,咱们好好谈谈去。你觉得我愚蠢,承认吧?……跟我谈谈他吧……

叶莲娜·安德烈耶夫娜　你要我跟你谈他什么呢?

索尼娅　他聪明……他什么都懂,什么都会……他能治病人，又能培植森林……

叶莲娜·安德烈耶夫娜 问题不在于森林和医疗……你得明白，我的亲爱的，他是有才能的！你知道这是什么意思吗？这就是说，他意志坚强，想象丰富，心胸开阔……哪怕他刚刚种下了一棵树秧子，就已经想象到这棵树在一千年以后的样子了；他已经就在梦想着全人类的幸福了。像这样的人，是少有的。应当爱这种人……他喝酒，有时候有一点粗鲁，……可这又有什么关系呢！在俄罗斯，有才能的人，从来都不免带些缺点。只要想想这位医生，他所过的是什么生活吧！公路上的厚烂泥，寒冷，大风雪，跑来跑去的长路途，没教养的老百姓的那种粗野，到处的贫穷，各种各样的疾病。一个人在这样的环境里，一天接着一天地工作着，挣扎着，到了四十岁还居然能保持着自己的纯洁和清醒，可真是太不容易啦……（吻她）我衷心祝你幸福。你是该当享受这种幸福的……（站起来）而我呢，我不过是一个讨人厌的、插曲式的人物……无论作为音乐家，无论作为太太，我一直到处都不过是一个插曲式的人物啊。其实呢，如果稍微想一想，我是非常、非常不幸的呀！（激动地走来走去）我永远也不会幸福了！你为什么笑哇？

索尼娅 （用手遮着脸笑）我多么幸福，多么幸福啊！

叶莲娜·安德烈耶夫娜　我很想弹弹钢琴……我很想弹个什么曲子。

索尼娅　弹吧。(用两只胳膊搂着她)我兴奋得睡不着了……弹呀!

叶莲娜·安德烈耶夫娜　等一会儿。你的父亲睡不着觉,而且他生病的时候,就觉得音乐刺激。去,问问他去。如果他答应,我就弹。问问他去。

索尼娅　我这就去。(下)

〔花园里传来巡夜人的打更声。

叶莲娜·安德烈耶夫娜　我好久没有弹过琴了。我要弹一弹,我要像个傻孩子似的哭一哭。(向窗外)是你吗,耶非姆?

〔更夫的声音:"是,是我。"

不要敲了!先生不舒服。

〔更夫的声音:"我就走开!(轻轻地吹着口哨)噢,梅多尔,菲诺德,[1]这边儿来!"

〔停顿。

索尼娅　(回来)他不答应。

——幕落

1　均系狗名。

第 三 幕

谢列勃里雅科夫家的一间客厅。左右各有门，背景处，正中是第三道门。下午。沃伊尼茨基和索尼娅坐着，叶莲娜·安德烈耶夫娜沉思着，来回地散步。

沃伊尼茨基 Herr Professor 表示了一个愿望，要我们一点钟都在这间客厅里聚齐了见他。（看了一眼自己的表）差一刻一点。他是想把他思考的果实，传授给人类啊。

叶莲娜·安德烈耶夫娜 一定是一件重大的事情。

沃伊尼茨基 重大的事情他就从来没有操心过。他尽写些废话，不断地发着怨言，成天表现着嫉妒。如此而已。

索尼娅 （申斥的口气）我的舅舅！

沃伊尼茨基 好吧，好吧，我收回我的话。（指着叶莲娜·安德烈耶夫娜）看看她走路的样子！就连她散步时候的一举一动,都透着一股懒洋洋的、漠不关心的味道。真迷人!太迷人啦!

叶莲娜·安德烈耶夫娜 难道你嘟囔了一整天还不够吗?(悲哀的声音)可把我烦闷死了,我不知道有什么事情可做啊。

索尼娅 (耸着肩)想做多少工作,就有多少,只要肯去做。

叶莲娜·安德烈耶夫娜 比如说呢?

索尼娅 管管这份产业,教教老百姓,照顾照顾病人。还有,我怎么说呢?比如,爸爸和你,你们没来以前,我就常和万尼亚舅舅到市集上卖面粉去。

叶莲娜·安德烈耶夫娜 那我可不会做。我对那也不感兴趣。只有小说里的人物,才去给老百姓教书、服侍病人呢。如果我突然决定去干那个,倒恐怕是件奇怪的事了。

索尼娅 在我,我可不能明白,为什么一个人不该给老百姓教教书、服侍服侍病人呢?不过你稍微等一等看吧,你不久也会那样做的。(吻她)不要烦闷吧,我的亲爱的。(笑)你烦闷,你没有事可做,可是你知道懒惰和闲散是有传染性的吗?你留意到了没有?——万尼亚舅舅什么事情也不做了,只像个影子似的追着你跑。我自己也把什么正事都撂在一边,尽跑来找你闲谈了。我已经传染上你的闲散病了。这位米哈伊尔·里沃维奇大夫呢,以前很少来看我们,要他来,总得求了又求,即或来,也不过一个月来一次,可是现在呢,他每天都来,他已经把他的森林和医疗荒废了。你真好比一个巫婆啊,说真的。

沃伊尼茨基 你们这真叫自找烦恼啊!(急速地)我的亲爱的,我的最美丽的,请你放明白一次吧!你的血管里既然有美人鱼[1]的血,那么由着你自己去做一个美人鱼就对啦!一辈子里至少也得有一次露露本性呀!随便跟哪个牧神[2]去尽情恋爱一次吧,投到恋爱的冒险里去,也叫你那位 Herr Professor 和我们大家,都惊讶得目瞪口呆一下吧。

叶莲娜·安德烈耶夫娜 (发怒)不要跟我说了!你这多么残酷啊!(装作要走的样子)

沃伊尼茨基 (扯住她)看看你,看看你,我的美人,原谅我吧……我向你道歉。(吻她的手)咱们讲和吧。

叶莲娜·安德烈耶夫娜 你得承认,就是一个天使也会耐不住性子的。

沃伊尼茨基 等我跑去拿一把玫瑰花来,作为我们讲

---

[1] 亦译作水仙,是日耳曼系和斯堪的纳维亚系神话中的女妖。
[2] 罗马神话里的牧羊神,下身生毛,头上有角,长着两只羊腿。常常和希腊神话里的潘神被人混用。潘神是女仙德里奥帕的儿子,平时在山林间跳跃,并用自己创制的牧笛,调节山林女神和水仙们的舞蹈。

和和亲近的证明。我今天早晨就把花给你预备好了……是一些非常好看的秋玫瑰，使人感到忧郁的玫瑰……（下）

索尼娅　一些非常好看的秋玫瑰，使人感到忧郁的玫瑰……

　　［两个人望着窗外。

叶莲娜·安德烈耶夫娜　现在已经是九月了。谁知道冬天又会给咱们带来什么情形呢？

　　［停顿。

医生呢？

索尼娅　他在万尼亚舅舅的卧房里。正写着东西呢。万尼亚舅舅现在不在家，这正称我的心。我早就想跟你谈谈了。

叶莲娜·安德烈耶夫娜　谈什么呢？

索尼娅　你猜不出来吗？（把头伏在她的胸上）

叶莲娜·安德烈耶夫娜　得啦，镇静一些，瞧瞧你……（用手抚摸她的头发）镇静一下。

索尼娅　我长得难看。

叶莲娜·安德烈耶夫娜　你的头发可长得非常好看啊。

索尼娅　不！（转过头去，向镜子里看了一眼）大家对长得丑的女人，总是这么说的："你的眼睛太可爱了，你的头发非常好看啊！……"我爱他已经有六年了，我爱他超过爱我的母亲。我觉得时时刻刻都听见他的声音，感觉到他和我的握手。我的眼睛总盯着门口，我永远在等待着：我觉得他随时都要走进来。你没有看出来吗，我一有机会就跑来跟你谈他？现在他每天都到这儿来，可是他一眼也不看我，也不注意我……我痛苦极了！我一点希望也没有哇，一点也没有！（绝望的声音）啊，我的上帝，给我点力量吧……我整夜祷告……我时常去接近他，我找着话跟他说，我盯着他的眼睛看……我丧失了所有的自尊心，我再也没有力量抑制自己了……昨天，我把我的心思告诉了万尼亚舅舅……仆人们个个都知道这件事。谁都知道了。

叶莲娜·安德烈耶夫娜 他呢？

索尼娅 他连注意都不注意我啊。

叶莲娜·安德烈耶夫娜 （沉思一下）这个人可古怪……这么办，我去跟他谈谈。我会暗示他，跟他巧妙地谈的……

　　［停顿。

是啊，这么不明不白的，要到什么时候呢？等我跟他谈谈去。

　　［索尼娅点头表示同意。

这是个顶好的办法啦。这样就不难知道他是不是爱你。不要担心，亲爱的……一点也不要害怕。我会很巧妙地探听他，甚至都不会叫他觉得出来。咱们得先知道他究竟爱不爱。

[停顿。

如果不爱,那就请他再也不要到咱们这儿来了。不对吗?

[索尼娅点头表示同意。

自己所爱的人不在眼前,痛苦还少一些。为什么要拖延呢?我们马上就去问问他……他本来说是要叫我看几张图的……你去告诉他,说我在这儿等着他呢。

索尼娅 (很感动)你会把实情都告诉我吧?

叶莲娜·安德烈耶夫娜 那当然喽。我觉得无论实情怎么样,总比这么不明不白的好受得多。你把这件事交给我好啦,亲爱的。

索尼娅 好,我就说你想看看他那些图……(走了几步,又在门口停住)不,究竟还是不明不白的好些……至少你还能抱着希望呀……

叶莲娜·安德烈耶夫娜 你说什么?

索尼娅 没说什么,没什么。(下)

叶莲娜·安德烈耶夫娜 (一个人)再坏也莫过于知道了一个人的秘密,而对她又丝毫无能为力的了。(沉思)他不爱她。这很清楚。可是,说实话,他又为什么不可以娶她呢?她确是不美,然而要作一个乡下医生的太太,也总算是十全十美的呀,特别是配他这么一个年纪。她有知识,又这么善良,这么纯洁……咳。我说的全是糊涂话……

〔停顿。

这个可怜的女孩子啊,我真是了解她呀!她活在周围这些平庸的、不足道的悲惨人物们中间,确是烦闷得可怕啊,她所听见的,只是些淡而无味的言语,她周围的人们所谈的只是吃、喝、睡。恰好这时来了他这么一个人,那么与众不同,那么美,那么有趣,那么吸引人。他每次的来临,都消除了她生活里的单调,就像东升的月亮,闪着越来越强的光芒,赶走了黑暗一样。在这样一个男人的魔力之下,当然会倾倒,会忘掉一切啊……就连我自己也都觉得有一点爱上了他呢。可不是,不看见他,我就烦闷,你看我,一想到他就笑了……万尼亚舅舅说我的血管里有美人鱼的血。"一辈子里至少也得有一次露露本性……"谁知道呢?他的话也许对……像一只醉心于自由的鸟那样高飞吧,再也不要碰见你们这些睡意昏沉的脸,再也听不见你们这些闲谈吧,连你们的存在都忘记吧……可是,我怯懦,没有那种胆量……要那样,我的良心一定会责备自己的……他每天来,我猜得出来那是为什么,这我就已经觉得是自己的过失了。我已经准备要跪在索尼娅的脚下,去求她原谅,去哭了……

阿斯特罗夫 （手里拿着一张地图出现）日安，夫人。（和她握手）你想看看我画的图吗？

叶莲娜·安德烈耶夫娜 是你昨天答应给我看看的……现在你有空吗？

阿斯特罗夫 啊，当然喽。（把地图在桌上展开，用摁钉按住）你是生在哪里的？

叶莲娜·安德烈耶夫娜 （帮着钉地图）彼得堡。

阿斯特罗夫 你在哪里读的书？

叶莲娜·安德烈耶夫娜 在音乐院。

阿斯特罗夫 那么，这一定是不能叫你感兴趣的了。

叶莲娜·安德烈耶夫娜 为什么？乡下的情形我不懂，倒是真的，可是我也读到过不少啊。

阿斯特罗夫 我在你们这儿摆了一张画图桌……就在伊凡·彼特罗维奇的卧房里。每逢我疲乏得受不住了、头脑整个迟钝了的时候，我就放下一切，躲到你们家来，花上一两个钟头，作作这种消遣……伊凡·彼特罗维奇和索菲雅·亚历山德罗夫娜一边算他们的账，我就坐在他们旁边，在我自己的桌子上，一边涂抹起来——这样，我就在一种温柔的安静中，得到了休息。天气晴和，寂静，一只蟋蟀在墙角唱着。可是这种乐趣，我也不是叫自己常常享受的，不过一个月一次……（指图形）请你看一看。这张图是我们这个地区五十年以前的样子。

森林是用深浅的绿颜色画的，你会注意到，地面有一半都遮满了密匝匝的森林。在用许多细斜的红线条标出阴影的地方，都出产野鹿和狍子……凡是有动物和植物特产的地方，我都标出来了。这儿，你所看见的这片水塘上，从前有极多的天鹅、野鸭和鸭子，老年人告诉我们说，这里有过种类极多的禽鸟，成群地飞起来，就和云雾一般。你看见了，除去这些小村落和这些村庄以外，还有一些零星的小房子，一些分隔着的住宅，一些隐修院和一些磨坊……这里有极多的牛马。都用深浅的蓝颜色给标出来了。你看，比如说，这一个区域的蓝色就特别深。在这一带，从前有成群成群的马，每个农民都有三匹。

〔停顿。

我们再看底下，这是我们这个地方二十五年以前的样子。森林只遮盖着三分之一的地面了，虽然野鹿还能维持存在，可是狍子已经完全绝迹了。你会注意到，蓝颜色和绿颜色，也都没有上一张图那么深了，其余就更可想而知了。最后，咱们再看看这一张图，这是我们这个地方今天的样子。你看见了，绿颜色变成了分隔着的绿点子，只是在这儿那儿分布着，狍子、天鹅和大雷鸟都已经绝迹了……分隔着的住宅、隐修院和磨坊，连痕迹都看不见了。总的说起来，这是一幅退化的图表，虽然缓慢，但是不容置辩地，至多再过十年到十五年，就会败落净尽的。你也许会回答我，说这是受了文明的影响，说古老的生活形式让位于新的生活乃是非常自然的事。啊！如果在森林伐倒的地方，现在通了公路，通了火车；如果乡下到处都盖满了工厂、手工场和学校，那我就会完全同意你的话。要是那样，毫无疑问地，农民会健康起来，富足起来，也更有了知识。然而，现在完全不是那么回事啊！在我们这个地区，你所看见的，到处照旧是沼地、成群的蚊子，照旧没有公路，照旧到处是贫穷，到处流行着伤寒、白喉和火灾……居住区的范围，一天比一天缩小，因为居民为了谋求生存，正在进行着力不从心的挣扎，在这种情况下，这个地区便日渐退化了。这种退化，当然是老百姓们的愚昧、无知和完全缺乏责任感的结果。然而，一个饥饿的、有病的、受着寒冷的人，为了尽力保存自己行将熄灭的生命，和自己孩子们的生命，他也只有本能地、不自觉地抓住手边的一切，来解一解饥饿，取一取温暖了。他们消灭一切，是顾不到明天的啊。一切都差不多破坏完了，却什么也没有创造。（一种冷冷的声调）我从你的脸色上看得出来，你对这个一点也不感兴趣。

叶莲娜·安德烈耶夫娜　我在这些事情上，都是多么的无知呀……

阿斯特罗夫　这和无知不相干，简单得很，你不感兴趣。

叶莲娜·安德烈耶夫娜　说实话，我的心思在别处。原谅我吧。我必须向你提出一个小小的问题，可我又觉得怪为难的，不知道怎么样开口。

阿斯特罗夫　一个问题？

叶莲娜·安德烈耶夫娜　一点也不错，不过用不着害怕……是一个相当没有意义的问题。咱们坐下，好吗？（他们坐下）是关于一个年轻人的，我希望咱们能像正人君子和好朋友那样，一点也不故弄玄虚地谈一谈。咱们把心思都说出来，随后就把这次所谈的事情，完全不再放在心里。同意吗？

阿斯特罗夫　同意。

叶莲娜·安德烈耶夫娜　是关于我的继女索尼娅的事。你喜欢她吗？

阿斯特罗夫　是呀，我非常敬重她。

叶莲娜·安德烈耶夫娜　作为女人，你喜欢她吗？

阿斯特罗夫　（思索了一会儿）不。

叶莲娜·安德烈耶夫娜　再有两三句话，我就不再耽搁你了。你难道什么也没有注意到吗？

阿斯特罗夫　没有，什么也没有。

叶莲娜·安德烈耶夫娜　（拉起他的手来）你不爱她，

我从你的眼神里看出来了……她痛苦……你明白吗？……那么，就不要再来看我们了吧。

阿斯特罗夫 （站起来）要叫我……可太迟了……而且我也太忙……（耸耸肩）我没有心思去想这个……（看得出他是局促不安的）

叶莲娜·安德烈耶夫娜 啊，多么不舒服的谈话呀！我的心跳得像是身上背了一个沉重的包袱似的。咳！不过呢，感谢上帝，也总算是弄清楚了。咱们就把这一次谈话的事情忘了，只当是没有这么一回事吧，并且……离开我们的家吧。你是聪明人，你会了解……

　　〔停顿。

这话我说着可都脸红。

阿斯特罗夫 这话你如果早一两个月跟我说，我大概会考虑考虑，但是现在呢……（耸耸肩）既然她痛苦，那当然就得……不过我有一样事情不明白：为什么要你来提这个问题呢？（用眼角看着她，用手指威胁着她）看看你这个狡猾的女人哪！

叶莲娜·安德烈耶夫娜 这是什么意思？

阿斯特罗夫 （笑着）诡计多端的女人！就算是索尼娅痛苦吧。那我也很愿意承认。可是为什么要你来提这个问题呢？（拦住她说话，迅速地）对不起，不要作惊讶的样子。我为什么天天来看你们，你完全懂得……你也不是不知道我是为谁来的。不要那样看我，我的漂亮的老虎，在这种事情上，我也还是有些经验的……

叶莲娜·安德烈耶夫娜　（没有听明白）老虎？我一点也不明白。

阿斯特罗夫　啊，我的美丽的猫啊，柔软如丝，但是残酷好杀……你是在寻找为你牺牲的人啊！这不是？我已经整整一个月没有做什么了，我丢下了自己的工作，到处找你，而你也喜欢这样，非常、非常喜欢……好了，我已经屈服了，这，你就是不提那个问题，也是早就知道的。（两臂交抱在胸前，低下头去）我已经屈服了，听由你的摆布吧，就用你的虎爪把我撕碎了吧。

叶莲娜·安德烈耶夫娜　可说你疯了！

阿斯特罗夫　（冷笑）你现在又装胆小了……

叶莲娜·安德烈耶夫娜　啊！我还不像你所想的那么坏！我敢对你发誓！（她迈步想走出去）

阿斯特罗夫　（拦住她的去路）我今天就走，再也不回来了，然而……（拉住她的手，向周围看了一眼）我们在什么地方再相会呢？快说，在什么地方？随时都会有人进来的，快说……（热情地）你真美，真吸引人啊……只吻一下吧……哪怕我只吻一吻你这么香的头发啊……

叶莲娜·安德烈耶夫娜 可是我对你发誓……

阿斯特罗夫 （打断她的话）我们有什么需要发誓的呢？那没有用。为什么费那么多的话呢……啊，你真美呀！多么可爱的手啊！（吻她的两手）

叶莲娜·安德烈耶夫娜 够了……走吧……（抽回自己的手）你简直忘形了。

阿斯特罗夫 可是告诉我，赶快告诉我，咱们明天在什么地方相会。（搂住她的腰）你很明白，老早就该是这样的了。我们绝对应当相会。（吻她；这时候，沃伊尼茨基手里拿着一束玫瑰花，止走进来，在门口站住）

叶莲娜·安德烈耶夫娜 （没有看见沃伊尼茨基）可怜可怜我吧……放开我……（把头靠在阿斯特罗夫的胸上）不！（做一个要挣脱开的动作）

阿斯特罗夫 （抱着她的腰，扯住她）明天到护林官的房子里去……靠近两点钟的样子。你会去的，对吧？

叶莲娜·安德烈耶夫娜 （看见了沃伊尼茨基）放开我！（非常慌乱，走到窗口）这真可怕。

沃伊尼茨基 （把那一束花放在一把椅子上，感情激动得浑身发抖，用手帕擦着脸上和脖子上的汗）这没关系……没有……没有关系……

阿斯特罗夫 （一副不高兴的神色）我的亲爱的伊凡·彼特罗维奇，今天的天气可真好啊。早上倒真是有点阴天，好像就要下雨似的，可是现在你看，多大的太阳啊。说实话，今年秋天的天气可太好啦……再说收成也不坏。(卷起地图来)只是白天越来越短啦……(下)

叶莲娜·安德烈耶夫娜 （急忙走到沃伊尼茨基的面前）你得帮助我，你得尽力想法子叫我跟我丈夫今天就离开这里，你听见了吗？今天当天！

沃伊尼茨基 （擦着脸上的汗）什么？啊，是……很好……叶莲娜，我全看见了……

叶莲娜·安德烈耶夫娜 （慌乱地）你听见了吗？我得今天当天就离开这里。

　　［谢列勃里雅科夫、索尼娅、帖列金和玛里娜上。

帖列金　我自己也觉得不大舒服，教授大人。我病了两天了。我的脑袋有点不得劲儿……

谢列勃里雅科夫　其余的人都哪儿去了？这所房子我真不喜欢。简直像一座迷宫，二十六间大屋子；谁都能单从自己的屋子走出去，永远也找不见一个人。(拉铃)你去跟玛丽雅·瓦西里耶夫娜和叶莲娜·安德烈耶夫娜说一声，叫她们到我们这儿来。

叶莲娜·安德烈耶夫娜　我在这儿呢。

谢列勃里雅科夫　先生太太们，我请你们都坐下吧。

索尼娅　（走到叶莲娜·安德烈耶夫娜身旁，忍耐不住地）他怎么回答的?

叶莲娜·安德烈耶夫娜　等一会儿我再跟你说吧。

索尼娅　你发抖了?你激动了?(直瞪着她的脸看)我明白了……他说他不再来了……对不对?

　　〔停顿。

回答我,是这样的吧?

　　〔叶莲娜·安德烈耶夫娜点点头承认。

谢列勃里雅科夫　(向帖列金)生病的痛苦,我倒还能忍受,唯独这种乡间生活,我就没有法子忍受。我觉得就像被人送到了月亮上那样的不得其所。先生太太们,我请你们坐下吧。索尼娅!

　　〔索尼娅没有听见,还在那儿悲痛地站着。

索尼娅!

　　〔停顿。

她一句也没有听见。(向玛里娜)老奶妈,你也坐下吧。

　　〔老乳母坐下去,织毛线。

先生太太们!我请求你们大大打开听觉之门,赐予注意。(笑)

沃伊尼茨基　(苦恼的神色)也许你用不着我吧?我可以走开吗?

谢列勃里雅科夫　不行,你比任何人的在场都更属必要。

沃伊尼茨基　你要我在这儿干什么呢?

谢列勃里雅科夫　你呀……你为什么生起气来了呢?

　　〔停顿。

假如我有开罪了你的地方,无论是什么事情吧,我都向你道歉。

沃伊尼茨基　撇开这种调调儿,咱们谈谈正事吧……你想干什么吧?

　　〔玛丽雅·瓦西里耶夫娜上。

谢列勃里雅科夫　妈妈来了;我的亲爱的朋友们,我开始啦。

　　〔停顿。

我很荣幸地请你们聚在一起,是要告诉你们一个特殊的情况。[1] 不过咱们把玩笑放在一边吧。这件事确是一个严肃的问题。我把你们请到一起,是为了请求你们给予指教和协助,我想我所以能对你们作这种期望,是因为我知道你们对我一向是友好的。我是一个研究科学的人,整个埋在我的书本子里了,和实际生活离得太远。所以我少不了能干人的意见,因此,我才找你,伊凡·彼特罗维奇,还有你,伊里亚·伊里奇,还有你,妈妈……有一句拉

---

[1] 这里引用果戈理的《钦差大臣》里边市长召集各官员、宣布钦差大臣到了的话。

丁成语说得很对：manet omnes una nox[1]。意思就是说，没有人能逃得脱自己的命运！我老了，又有病，因此我才认为，现在该是想到合法地整顿一下我的经济关系的时候了。特别是因为这些经济关系，和我家庭里每一个人都有关系。我的生命快结束了，我并不想到我自己，然而我还有一个年轻的太太，和一个没有结婚的女儿呢。

［停顿。

我不可能继续住在乡下。我们生来就不是为了过田园生活的。然而，另一方面呢，我们产业的收入，又不准许我们住在城市。假定我们把……比如说……那片森林卖掉吧，那也只是一种非常步骤，不是每年都可以采取的办法。所以我们所要采取的步骤，应当能保证我们有一笔多少是固定的、经常的收入。对于这个问题，我找到了一个答案，我很荣幸地把它提出来，请求你们同意。细节就不讲了，我只把它的要点说明一下吧。我们这份产业的收入，平均只有二分利息。我建议把它变卖了。那么，就是把这笔款子光光放在证券上，就能收入四分到五分的利息，我想我们甚至还可以剩下几千卢布的尾数，够在芬兰置一座别墅的。

---

[1] 拉丁语，一切都等待着同一个黑夜。

沃伊尼茨基　等一等……我好像听错了。把你刚刚说过的话再说一遍。

谢列勃里雅科夫　把钱放在证券上，用尾数在芬兰买一座别墅。

沃伊尼茨基　问题不在芬兰……你还说过别的话。

谢列勃里雅科夫　我提议把产业变卖了。

沃伊尼茨基　这话就对了。你要变卖这份产业，好极啦！真是一个妙主意啊……不过你可叫我们到哪儿去呢，我们——索尼娅和我，还有我们的老母亲？

谢列勃里雅科夫　那我们等等再谈。总不能同时安排一切呀。

沃伊尼茨基　再等一等。也许得说是我的头脑从来就不清楚吧。我到今天为止，还一直相信这份产业是属于索尼娅的呢，这也许是我想错了吧。这是我死去的父亲买了给我姐姐作陪嫁的。凭我这点愚蠢的理解，直到今天，我还以为咱们的法律是为俄国人立的，并不是为土耳其人立的，所以我还认为这份产业，在我姐姐死了以后，是该由索尼娅来继承的呢。

谢列勃里雅科夫　这话很对。产业是属于索尼娅的。有谁想叫它成为疑问呢？没有索尼娅的同意，我绝不会决定出卖的。我之所以这样提议，也正是为了她的本身利益。

沃伊尼茨基　这真不可理解，真不可理解呀！要不是我疯了，那就是你！

玛丽雅·瓦西里耶夫娜　Jean，不要跟亚历山大辩驳啦。事情应该怎么办，他比我们懂得多，相信我的话吧。

沃伊尼茨基　给我一杯水。（喝水）好吧，你们爱怎么说就怎么说吧，随你们说吧！

谢列勃里雅科夫　我不明白，你为什么对这件事情这样介意呢。我并没有说我这计划是理想的。如果你们都认为这行不通，我也不会坚持。

　　〔停顿。

帖列金　（有点手足无措）至于我呢，教授大人，我对于科学，不仅仅怀着一腔极深的敬意，而且还带着一种差不多是亲族的感情。我的哥哥戈里果里的太太的哥哥，康士坦丁·特洛菲莫维奇·拉基捷莫诺夫，从前就是一个学士，这你大概是知道的……

沃伊尼茨基　等一等，小蜜蜂窝，现在谈的是正经事……你这话留到以后再跟我们说吧……（向谢列勃里雅科夫）这不是？如果你愿意，你就问问他，这份产业是从他叔叔手里买来的。

谢列勃里雅科夫　我有什么问的必要呢？为什么要问呢？

沃伊尼茨基　这份产业那个时候是九万五千卢布买的。父亲只付了七万现款；因此就欠下了两万五千的债。现在好好听着我往下说吧……要不是我，为了我所热爱的姐姐，情愿把我自己应该继承的一部分遗产放弃了，这片产业就买不成。这还不算什么，我为了还清那笔未了的债，还像牛马一样工作了十年……

谢列勃里雅科夫　我后悔不该提出这件事情来。

沃伊尼茨基　这片产业之所以能解除了抵押，而且弄到这样好的情况，完全是由于我的辛苦，可是现在我老了，你就要像条狗似的把我从这里赶开了！

谢列勃里雅科夫　我不明白你要谈到哪儿去！

沃伊尼茨基　这片产业，我经营了二十五年，我刻苦地工作，我像一个最廉洁的管家似的，把所有进款都送给了你，而你从来连个谢字都没有想到过。从我年轻的时候起，一直到现在，你每年只给我五百卢布的酬劳，那么可怜的一笔待遇，而你从来连给我薪水上多加一个卢布的念头都没有动过！

谢列勃里雅科夫　可是，伊凡·彼特罗维奇，那我又怎么知道呢？实际生活我是一点也不懂啊，你想增加多少，早就应该自己加上去呀。

沃伊尼茨基　你现在反而问我为什么没有舞弊了吧？谁叫我一直这么清廉的呢？你们大家再不瞧不起

我还等什么？要真那样，你也不会有错了，我现在也不会落到这个样子了！

玛丽雅·瓦西里耶夫娜 （严厉地）Jean！

帖列金 （声音发颤）万尼亚，亲爱的，不提这些了吧……我都听得打哆嗦了。为什么要伤了好交情呢？（吻他）够了。

沃伊尼茨基 我陪着我母亲，在这片产业里，就像只鼹鼠似的，一直关了二十五年……我们的心思，我们的感情，整个都放在你的身上了。我们一天到晚，谈的都是你，谈的都是你的工作，我们引此以为骄傲；我们读起你的名字来，心里都起着敬意，今天我已经极端瞧不起的那些报纸和你那些书籍，我们从前是整夜整夜地读啊。

帖列金 住嘴吧，万尼亚，住嘴吧……我受不住啦……

谢列勃里雅科夫 （大怒）我不明白，你要怎么样呢？

沃伊尼茨基 从前你在我们心目中是一个非凡的人物，你的文章，每一篇我们都背得下来……但是，我的眼睛终于睁开了。现在我可把你看得真清楚啦！你写的是讨论艺术的文章，可是你一点艺术也不懂！你那些从前叫我认为是了不起的工作，其实连一个脏钱都不值！你耍弄了我们！

谢列勃里雅科夫 你们叫他到底住嘴吧！不然我就走开！

叶莲娜·安德烈耶夫娜　伊凡·彼特罗维奇,我要求你别再说了!你听见了吗?

沃伊尼茨基　我偏要说!(拦着不让谢列勃里雅科夫走)等一等,我还没有说完呢!你毁了我的生活!我没有生活过!我因为你的过错,牺牲了我自己最好的年月!你是我的最可恨的仇人!

帖列金　我再也受不住了……我再也受不住了……我情愿走开啊……(非常激动,下)

谢列勃里雅科夫　你要我怎么样?你有什么权力用这种口气跟我说话?你这一无所长的人!如果产业是你的,就拿去呀,我并不需要它!

叶莲娜·安德烈耶夫娜　我要马上躲开这个地狱呀!(哭)够了,我再也受不住了!

沃伊尼茨基　我把自己的生活糟蹋了!我有才能,我有知识,我大胆……要是我的生活正常,我早就能成为一个叔本华,一个陀思妥耶夫斯基了……咳,我怎么谈到题外去了!我快要疯了……母亲哪,我真没了希望了!母亲!

玛丽雅·瓦西里耶夫娜　(严厉地)听从亚历山大的话!

索尼娅　(不由得跪在乳母的面前,紧紧靠着她)老妈妈,老妈妈。

沃伊尼茨基　母亲,我该怎么办呢?不用说了,什么话你也不必说了!那我自己都知道!(向谢列勃里雅

科夫）我叫你将来记得住我！（由中门下，玛丽雅·瓦西里耶夫娜跟着他下）

谢列勃里雅科夫　这叫怎么回事啊？给我赶开这个疯子吧。我不能跟他住在一处！他的卧房（用手指着中间的门）和我紧挨着……得叫他住到另外一所房子去，或者另外一个村子去，不然我自己就搬开。在任何情况之下，我都拒绝和他住在一处……

叶莲娜·安德烈耶夫娜　（向她的丈夫）我们今天当天就得走。应当马上吩咐他们做动身的准备。

谢列勃里雅科夫　多么不足道的人啊！

索尼娅　（还跪着，转身向她的父亲，含着泪，神经紧张地）你应该可怜可怜我们，爸爸呀。万尼亚舅舅和我，我们是多么不幸啊。（抑制着自己的绝望）你得可怜可怜我们啊。你回想一下，在你还年轻的时候，万尼亚舅舅和外婆夜间不睡觉，整夜整夜的不睡觉，为你翻译书，为你抄写稿件！我和万尼亚舅舅，一分钟都不肯休息，为你工作，我们自己省吃俭用，为了多给你送点钱去……我们并没有白吃这碗饭啊！我说的全是不该说的话，我的脑子乱了，但是，你得了解我们，爸爸。你应当发点慈悲啊！

叶莲娜·安德烈耶夫娜　（受了感动，向她的丈夫）亚历山大！看在老天爷的分上，跟他解释一下吧，我求你。

谢列勃里雅科夫　好吧。我就去向他解释……我并不怪他，我也并不生气，只是你们得承认，他的行动未免太古怪了吧。很好哇，我就找他去。(由中门下)

叶莲娜·安德烈耶夫娜　要对他和气些，安安他的心……(跟在他身后下)

索尼娅　(紧伏在乳母的身上)老妈妈，老妈妈!

玛里娜　不要紧的，我的孩子。让火鸡们咕咕地斗去吧，斗够了就会安静下来的。斗够了就会安静下来的……

索尼娅　老妈妈!……

玛里娜　(抚摸着她的头发)看你抖索得像挨了冻似的。得啦，得啦，你镇静镇静，我的小孤儿。上帝是慈悲的! 喝一点菩提叶或者别的什么泡的茶，就会好的……不要哭了，我的孤儿。(瞪着中间的门，生气)就看看这群火鸡呀! 难道这不丢脸哪!

　　[景后一声枪响。传来叶莲娜·安德烈耶夫娜的一声喊叫。索尼娅浑身打战。

　　嘿! 叫雷劈了你的……

谢列勃里雅科夫　(仓皇地逃上，吓得站立不稳)拉住他，拉住他，他发了疯啦!

　　[叶莲娜·安德烈耶夫娜在门限处拼命拉着沃伊尼茨基。

叶莲娜·安德烈耶夫娜 （想把他的手枪夺下来）给我！给我，听见了没有！

沃伊尼茨基 放开我，叶莲娜，放开我！（挣脱了她，奔向台上，用眼睛寻找谢列勃里雅科夫）他跑到哪儿去啦？哈，在这儿啦！（开枪）啊，砰！

　　〔停顿。

　　没打着？又没打着?!（狂怒）啊，你这该……你这该下地狱的……（把手枪随手往地下一扔，非常疲惫地跌坐在一把椅子上。谢列勃里雅科夫吓得还张大着嘴。叶莲娜·安德烈耶夫娜紧贴着墙，她觉得发晕）

叶莲娜·安德烈耶夫娜 把我带走啊！带我走吧，杀了我吧，可是……我在这儿再也待不下去了！

沃伊尼茨基 （绝望地）啊，我干的这叫什么事呀！我干的这叫什么事呀！

索尼娅 （低声）老妈妈！老妈妈！

——幕落

第四幕

伊凡·彼特罗维奇的卧房，同时也布置成会计用的办公室。靠近窗子的一张大桌子上，放着账簿和文件。一张写字台，几座柜橱，一个磅秤。留给阿斯特罗夫专用的一张较小的桌子。桌子上有颜料、绘画用具和一个画稿夹。笼子里养着一只八哥。墙上钉着一张非洲地图，显然是毫无用处的。一张宽大的漆布面长沙发。左边，有门通到别的房间；右边，另一道门，通前室。这道门口，特为农民们铺了一张擦鞋泥的草垫子。

秋天的晚上，全台寂静。

帖列金和玛里娜面对面坐着，在缠毛线。

帖列金 你快着点儿，玛里娜·季摩菲耶夫娜，他们说话就许叫我们去告别的。他们已经吩咐叫套马了。

玛里娜　（赶紧缠着）剩下没多少啦。

帖列金　他们要住到哈尔科夫去。

玛里娜　还是这样好。

帖列金　他们可真吓坏了……你听见叶莲娜·安德烈耶夫娜说的吗："这儿我再也待不下去啦！我绝不肯再住下去了……咱们走，咱们立刻走……咱们先空身到哈尔科夫去。等咱们在那儿稍微熟悉一点，马上就派人来搬行李……"他们是不带着行李走的呀。玛里娜·季摩菲耶夫娜，总得相信，他们这真是注定了跟我们过不到一块儿的呀……这是命运啊。

玛里娜　还是这样好。看看白日闹的那场笑话！还开手枪呢。多不要脸！

帖列金　是啊，真是值得叫阿伊瓦佐夫斯基[1]画画的一场热闹啊。

玛里娜　我连想都不愿意想它。

　　［停顿。

咱们的生活又要回到从前那个样子了，早晨八点钟吃早点，一点钟开午饭，黄昏的时候吃晚饭。样样事情都有个规矩，像个正经人家似的。（叹息）你看我这个造孽的老婆子，可有很久没吃过鸡蛋面条

1　阿伊瓦佐夫斯基（1817—1900），俄罗斯画家。

汤啦！

帖列金 是啊，这些时候老没吃着这个啦……

［沉默。

玛里娜·季摩菲耶夫娜，我今天早晨走过村子里的正街，听见那个开杂货店的朝着我喊："嘿，这个食客！"我心上就那么一酸哪！

玛里娜 不要理那些个，我的朋友，我们吃的都是上帝赐给的饭。就连索尼娅和伊凡·彼特罗维奇也是一样，没有一个人不做事闲待着来着，咱们个个都工作！索尼娅呢？

帖列金 在花园里，还有医生，他们两个人都在找伊凡·彼特罗维奇呢，怕他自寻短见。

玛里娜 他的手枪呢？

帖列金 （小声地）我给藏在地窖里了。

玛里娜 （带着笑容）真造孽呀！

［沃伊尼茨基和阿斯特罗夫由院子上。

沃伊尼茨基 躲开我。（向玛里娜和帖列金）走开，哪怕让我一个人只待一个钟头呢！这样的监视我可受不了。

帖列金 我走，万尼亚。（用脚尖走出）

玛里娜 就看看这只火鸡啊！又咕咕咕的啦！（拾起毛线，下）

沃伊尼茨基 躲开我！

阿斯特罗夫　那我是再愿意也没有的啦,而且也是我该回去的时候啦,不过我得再跟你说一遍,你要是不把从我那儿拿去的东西还我,我是不回去的。

沃伊尼茨基　我什么东西也没有拿你的。

阿斯特罗夫　我不是跟你说笑话:不要耽误我,我该回去了。

沃伊尼茨基　我什么东西也没有拿你的。

〔他们坐下。

阿斯特罗夫　真的吗?你听着,我稍微再等一会儿,可是等我非用武力不可的时候可不要怪我。我们可会把你的手脚都捆起来,搜查你的。这我可预先告诉你。

沃伊尼茨基　你愿意怎么办就怎么办吧。

〔停顿。

居然笨到这个地步!两次都没有打中他!这我一辈子也原谅不了我自己!

阿斯特罗夫　你既然这么想玩手枪,那就很可以往自己脑袋里打进一颗子弹去。

沃伊尼茨基　(耸耸肩)这可也真叫奇怪。我刚刚犯的是蓄意杀人罪,可是你们不把我抓起来!你们并不把我交到法院。你们一定是认为我神经有毛病了。(恶意地笑)这么说,我是个疯子了!而他们呢,那些把迟钝、狭隘的灵魂,和冷酷得无耻的心地,藏在一个渊博圣人的学者面具之下的人们，他们却不疯！还有那些嫁给了老头子，然后再公然欺骗自己丈夫的女人们呢，她们也不疯吧？因为我看见了，我看见你是怎么吻她的！

阿斯特罗夫 一点也不错，我是吻了她的！而你呢，你还是那么没出息。（蔑视地把身子打了一个转儿）

沃伊尼茨基 （望着门）不，这个世界居然容我们活在上面，它也就真够疯的了！

阿斯特罗夫 这不就是疯话？

沃伊尼茨基 那你有什么办法呢？我既然是个疯子，就很有权利说疯话。

阿斯特罗夫 老一套的废话！你一点也不疯。你仅仅是古怪。一个老滑稽！我从前也认为所有古怪的人都是病态的，不是常态，可是，我现在却相信，有一点古怪才是人类的正常状态。你和别人也没有两样。

沃伊尼茨基 （两手蒙着脸）我羞愧！你真不知道我有多么羞愧啊！这比什么痛苦都难受啊。（绝望地）这把我的心都压碎啦！（趴在桌子上）怎么办，怎么办哪？

阿斯特罗夫 毫无办法。

沃伊尼茨基 给我点药吃，叫我镇定镇定吧！哎呀，我的上帝呀……我现在四十七岁了，就假定我能活到六十岁,那我还得活十三年。这够多长啊!这漫长的十三年,可叫我怎么往下过呀?没有一点东西来充实我这个生命啊!你明白吗……(狂热地握着阿斯特罗夫的手)你明白吗,我真恨不得能够改一个样子来过我的余年哪!我真恨不得能够在一个温和的清晨,一醒,就觉得自己已经过起一种新生活来了,过去的也都忘了,都化成云烟了啊!(哭)要重新开始一种新生活啊……告诉告诉我,我怎样才能做到呢?……从哪里入手呢?……

阿斯特罗夫 (不耐烦地)算了!还谈什么新生活呢!我们两个人都把自己的生活糟蹋得无可挽救了。

沃伊尼茨基 你这样想吗?

阿斯特罗夫 很肯定。

沃伊尼茨基 随便给我点什么吃吧……(指自己的心)这儿烧得慌。

阿斯特罗夫 (生了气)够了!(口气缓和些)那些活在我们以后一两百年的人们,那些因为我们这样愚蠢地、无谓地糟蹋了我们的一生而瞧不起我们的人们,也许会找到能够幸福的方法,至于我们两个人哪……我们却只剩下一个希望了:只有到坟墓里去看些个梦境吧,可是,谁知道呢,说不定还是很如意的梦呢。(叹了一口气)说的是啊,我的亲爱的,我们这一带,从前只有两个像样的、有教养的人。

那就是你和我，然而，也不过是十年的光景，我们就已经一天一天地陷到该死的平庸的生活里边来了。我们已经受到这种生活的腐臭的毒害，我们已经传染上了一般的庸俗。（急速地）可是不要打我的岔了。把从我那儿拿去的东西还给我。

沃伊尼茨基 我什么东西也没有拿你的呀。

阿斯特罗夫 你从我的手提药箱子里拿去了一瓶吗啡。

〔停顿。

你听着，如果你非要自杀不可，就到森林里去，把自己的脑袋打飞了好啦，可是我的吗啡你得还给我。我不愿意招得人家说闲话、乱揣测；别人还许认为是我给你的呢……非得去给你验尸不可，已经就够讨厌的了……你还以为那是一种有趣的行业呀？

〔索尼娅上。

沃伊尼茨基 别打搅我。

阿斯特罗夫 （向索尼娅）索菲雅·亚历山德罗夫娜，你的舅舅从我的手提药箱里拿去了一瓶吗啡，不肯还给我。告诉他这……简直是糊涂。而且我没有时间耽搁了，我得回去了。

索尼娅 万尼亚舅舅，你拿过吗啡吗？

〔停顿。

阿斯特罗夫 他拿了，我有把握这么说。

索尼娅 交出来。你为什么要吓唬我们呢？（温柔地）

交出来,万尼亚舅舅!我的不幸也许不在你以下,然而我并不轻易绝望。我听天由命,再痛苦我也要忍受到我的寿命自己完结的那一天……你也要忍受你的痛苦啊。

［停顿。

把吗啡交出来!(吻他的手)我亲爱的舅舅,我最亲爱的舅舅啊,交出来吧!(哭)你的心肠好,你会可怜可怜我们,把吗啡交出来的。忍受着自己的痛苦,听天由命吧!

沃伊尼茨基 (从桌子的一只抽屉里拿出一瓶吗啡来,还给阿斯特罗夫)拿去!(向索尼娅)不过得赶快再干起工作来,得忙点什么事情,不那样我可就再也支持不下去了……再也支持不下去了……

索尼娅 啊!是啊,得工作。等咱们那几个人一走,我们马上就再工作起来……(错乱地翻着桌上的文件)一切都荒废了。

阿斯特罗夫 (把药瓶子放回手提药箱,扣上皮带)好啦,现在我可以走了。

［叶莲娜·安德烈耶夫娜上。

叶莲娜·安德烈耶夫娜 伊凡·彼特罗维奇,你在这儿啦?我们马上就走啦。亚历山大很想和你谈谈,去看看他吧。

索尼娅 去吧,万尼亚舅舅。(挽起沃伊尼茨基的胳膊)

走，你一定得跟爸爸讲和。

〔索尼娅和沃伊尼茨基下。

叶莲娜·安德烈耶夫娜 我走了。（把手伸给阿斯特罗夫）后会有期吧！

阿斯特罗夫 就走啊？

叶莲娜·安德烈耶夫娜 车等着呢。

阿斯特罗夫 那么，后会有期吧。

叶莲娜·安德烈耶夫娜 你可是答应了我今天走的。

阿斯特罗夫 我没有忘记我的诺言，我马上就走。

〔停顿。

你害怕了吧？（拉起她的手来）难道就这么可怕吗？

叶莲娜·安德烈耶夫娜 是的。

阿斯特罗夫 你留下来好不好呢？明天，在护林官的房子里……

叶莲娜·安德烈耶夫娜 不行……这是决定的了……而且也正因为我已经坚决地下了要走的决心，我才敢这样毫无忌惮地看着你……我对你有一个请求：把我想得好一点，我很希望你能尊重我。

阿斯特罗夫 咳！（做了一个不耐烦的手势）我请你答应留下来吧……你得承认，你在这个世界上是没有一点事情可做的，你没有任何事业，你的生活也没有任何目的，你不知道把你的闲暇用在什么上头，所以,结果呢,你迟早也会不由自主地卷到热情的激荡里去。那是不可避免的。既然如此,就让它在此地,在这大自然的怀抱里,岂不更好吗,何必要在哈尔科夫或者库尔斯克呢?……无论如何,这里是更有诗意、更能令人陶醉的呀……你可以在这左近,看见些护林的房舍,看见些屠格涅夫风味的荒凉别墅……

叶莲娜·安德烈耶夫娜 你真奇怪……我本来不高兴你,可是……我又会愿意想念你的。你很有趣味,也很有独创的见识。我们今后再也见不着了,所以我才能够向你承认,我前一阵甚至是有一点爱上你了。得啦,把你的手伸给我,咱们作为好朋友分手吧。不要记恨我吧。

阿斯特罗夫 (握着她的手)好,你走吧……(沉思)你看起来是坦白的、诚恳的,然而,你的身上总还有一点奇怪的东西。我们本来个个都是埋头在自己的事业里,很忙的,都专心在建设着,然而你跟你的丈夫一来,我们就把工作都抛开了,整整一夏天,除去你丈夫的痛风病和你本人,就什么都不想了。你和你丈夫生活里的那种闲散,我们也都不由得传染上了。你使得我发了狂,整整一个月的工夫,我什么也没有做,连我的病人,连农民放牲口去吃我的树秧子,我都不放在心上了……你和你的丈夫,你们两个人到了哪里，就给哪里带来了毁灭……当然，我这是在开玩笑，不过，也的确是有点奇怪的东西……我相信，如果你们留下来，在我们当中住下去，大的灾难一定是不可避免的。那我恐怕就算完结，而你也不会幸免……你也不会安然无恙。得啦，后会有期吧。Finita la comedia[1]！

叶莲娜·安德烈耶夫娜 （从桌上拿起一支铅笔，迅速地藏起来）我拿这支铅笔作个纪念吧。

阿斯特罗夫 这可多么奇怪呀……刚认识，跟着就又突然分手，永远不能再见了。人生就是如此啊……趁着现在没有人，趁着万尼亚舅舅还没有拿花回来，让我……吻你……最后一次吧，你愿意吗？（吻她的颊）得。

叶莲娜·安德烈耶夫娜 我祝你一切幸运。（回头看了一眼）活该啦！一辈子也不过这一次！（突然拥抱着吻他，两个人又都很快地分开）应该走啦。

阿斯特罗夫 赶快走吧。如果马已经套好，就走吧。

叶莲娜·安德烈耶夫娜 我觉得有人来了。

　　〔他们倾听。

阿斯特罗夫 Finita[2]！

---

1 意大利语，喜剧闭幕。
2 意大利语，闭幕。

〔谢列勃里雅科夫、沃伊尼茨基、帖列金、索尼娅和手里拿着一本书的玛丽雅·瓦西里耶夫娜,同上。

谢列勃里雅科夫 （向沃伊尼茨基）咱们把旧日的争吵都忘记了吧。仅仅在这场风波以后的几个小时里边,我就感受了、思索了那么多的东西,似乎都可以写成一大本论生活艺术的专著,留给后代的人们看看。我很愿意接受你的道歉,我也请你接受我的歉意吧。再见了!（吻了沃伊尼茨基三次[1]）

沃伊尼茨基 你以前从产业中得到多少收入,以后还会照旧定期寄给你。一切都会和先前一样。

〔叶莲娜·安德烈耶夫娜吻索尼娅。

谢列勃里雅科夫 （吻玛丽雅·瓦西里耶夫娜的手）妈妈……

玛丽雅·瓦西里耶夫娜 （吻他）亚历山大,你叫人给你新拍一张照片,寄给我。你知道你在我心里有多么珍贵呀。

帖列金 再见啦,教授大人,可不要忘记我们呀。

谢列勃里雅科夫 （吻他的女儿）再见了……大家都再见了!（把手伸给阿斯特罗夫）我谢谢你跟我们来

---

1 按旧风俗,骨肉至亲,或是知己,在分别或重逢的时候,都互相拥抱,吻对方两颊三次——左、右、左,表示亲热。

往的盛情……我尊重你的见解，你的狂想，你的热衷，但是，请允许一个老头子在他告别的话里，再加上一点意见吧：要有所作为，要有所作为！（向全体鞠了一躬）再见啦！（下，玛丽雅·瓦西里耶夫娜和索尼娅随下）

沃伊尼茨基　（热情地吻叶莲娜·安德烈耶夫娜的手）再见啦……原谅我吧！我们再也见不着了。

叶莲娜·安德烈耶夫娜　（很感动）再见了，我的朋友。（吻吻他的头发，下）

阿斯特罗夫　（向帖列金）小蜜蜂窝，去叫人套上我的马。

帖列金　我就去，亲爱的朋友。（下）

［只留下阿斯特罗夫和沃伊尼茨基。

阿斯特罗夫　（把散乱在桌上的颜料排列在手提箱里）你为什么不送他们上车？

沃伊尼茨基　我不敢送，我这心里沉重极了。我得赶快找一点事情做做。工作吧，赶快来工作吧！（乱翻着桌上的文件）

［停顿，传来马铃声。

阿斯特罗夫　走了。满意的当然是教授啊。他说什么也不肯再回来了。

玛里娜　（回来）他们走啦。（坐在一张圈椅上，又拿起毛线来织）

索尼娅 （上）都走了。（擦眼泪）但愿他们一路平安吧。（向她的舅舅）万尼亚舅舅，咱们工作起来吧。

沃伊尼茨基 你说得对，工作起来……

索尼娅 咱们好久没有坐在这张桌子旁边了。（点起桌上的油灯）墨水瓶也空了……（拿起墨水瓶，走到柜橱那里，灌上墨水）他们的离别叫我心酸。

玛丽雅·瓦西里耶夫娜 （慢慢地走进来）全走啦！（坐下就又埋头读起她的书来）

索尼娅 （坐到桌边，翻着账簿）万尼亚舅舅，咱们先把那些账单都写出来吧。我们遗漏得可真不少。今天还有人来催着要呢。咱们两个人分着写，等你写好一份，我同时也就写好一份了。

沃伊尼茨基 （写）"……先生，兹发货……"

〔他们默默地写着。

玛里娜 （打着呵欠）恐怕该是去睡觉的时候了吧……

阿斯特罗夫 真静啊，连笔尖沙沙的声音和蟋蟀唧唧的声音都听得见啊。天气又晴朗，又温和……我一点都不想走了。

〔传来马铃的声音。

我的马来了……我没有别的事了，只剩下向你们大家，我的朋友们辞行，向我的桌子告别，然后，马上就走啦！（把图样都放在画稿夹子里）

玛里娜 你何必这么忙着走呢？留下来。

阿斯特罗夫　不可能。

沃伊尼茨基　（写着）"你尚欠我们两卢布七十五戈比……"

［长工上。

长工　米哈伊尔·里沃维奇，马套好了。

阿斯特罗夫　我知道了。（把医药器具箱、小手提箱和画稿夹子递给他）拿着。留神不要把画夹子压折了。

长工　我小心就是。（下）

阿斯特罗夫　那咱们就……（刚要说告别的话）

索尼娅　咱们什么时候再见呀？

阿斯特罗夫　明年夏天以前，一定是不会的了。今年冬天是很少可能的……自然，如果发生什么事故，就请派人通知我，我立刻就会赶来的。（一一握手）谢谢你们的盛情招待……总之，谢谢一切吧。（走到奶妈面前，在她头发上吻了一下）再见了，我的亲爱的老妈妈。

玛里娜　你想能不喝点茶就走吗？

阿斯特罗夫　我不想喝，老妈妈。

玛里娜　要不来一杯伏特加吧？

阿斯特罗夫　（犹豫）那，也好吧……

［玛里娜下。

（沉默了一会）我的马，有一匹走路瘸起来了，昨天彼特鲁什卡饮马的时候，我才看见的。

沃伊尼茨基 得叫人给它换换掌子。

阿斯特罗夫 是呀，我回头得绕到洛杰斯特文尼村，找找马蹄匠去。（走近非洲地图，仔细看）你想非洲的天气，在这个时候，不还是热得怕人吗？

沃伊尼茨基 那非常可能。

玛里娜 （端来一个托盘，上边放着一杯伏特加和一块面包）喝吧。

　　〔阿斯特罗夫喝酒。

祝你身体健康，我的好先生。（深深地鞠躬）吃一口东西吧！

阿斯特罗夫 不啦，就这样行了……那咱们就……再会啦。（向玛里娜）不要送我，老妈妈，不必费这个事了。

　　〔他走出。索尼娅手里拿着蜡烛，送他出去。
　　〔玛里娜又坐在她的圈椅上。

沃伊尼茨基 （写着）"二月二日，油，二十磅……二月十六日，又发去油二十磅……荞麦……"

　　〔停顿。传来马铃声。

玛里娜 他走了。

　　〔停顿。

索尼娅 （回来，把蜡烛放回桌子上）走了……

沃伊尼茨基 （嗒嗒地打着算盘，然后把总数记下来）

加起来是……十五……二十五……

［索尼娅坐下写。

玛里娜 （打着呵欠）啊！我们这几个可怜的人哪……

［帖列金用脚尖走上，坐在门边，轻轻地弹他的吉他。

沃伊尼茨基 （向索尼娅，用手抚摸着她的头发）啊！我的孩子，我真痛苦啊！你可真不知道我有多么痛苦啊！

索尼娅 我们又能有什么办法呢，总得活下去呀！

［停顿。

我们要继续活下去，万尼亚舅舅，我们来日还有很长、很长一串单调的昼夜；我们要耐心地忍受行将到来的种种考验。我们要为别人一直工作到我们的老年，等到我们的岁月一旦终了，我们要毫无怨言地死去，我们要在另一个世界里说，我们受过一辈子的苦，我们流过一辈子的泪，我们一辈子过的都是漫长的辛酸岁月，那么，上帝自然会可怜我们的，到了那个时候，我的舅舅，我的亲爱的舅舅啊，我们就会看见光辉灿烂的、满是愉快和美丽的生活了，我们就会幸福了，我们就会带着一副感动的笑容，来回忆今天的这些不幸了，我们也就会终于尝到休息的滋味了。我这样相信，我的舅舅啊，我虔诚地、热情地这样相信啊……（不由自主地跪

在他的面前，把脸伏在他的两手上，低沉的声音）
我们终于会休息下来的！

　　［帖列金轻轻地弹着吉他。

我们会休息下来的！我们会听得见天使的声音，会看得见整个洒满了金刚石的天堂，所有人类的恶心肠和所有我们所遭受的苦痛，都将让位于弥漫着整个世界的一种伟大的慈爱，那么，我们的生活，将会是安宁的、幸福的，像抚爱那么温柔的。我这样相信，我这样相信……（用手帕擦她舅舅两颊上的热泪）可怜的、可怜的万尼亚舅舅啊。你哭了……（流着泪）你一生都没有享受过幸福，但是，等待着吧，万尼亚舅舅，等待着吧……我们会享受到休息的……（拥抱他）啊，休息啊！

　　［传来巡夜人的打更声。

　　［帖列金轻轻地弹着琴。玛丽雅·瓦西里耶夫娜在她的小册子的边眉上，记着小注。玛里娜织着毛线。

啊，休息啊！

——幕徐徐落下

Антон Павлович Чехов
Дядя Ваня

图书在版编目（CIP）数据

万尼亚舅舅 /（俄罗斯）安东·巴甫洛维奇·契诃夫著；焦菊隐译 . —上海：上海译文出版社，2024.6
（契诃夫戏剧全集：名家导赏版；1）
ISBN 978-7-5327-9587-1

Ⅰ.①万… Ⅱ.①安…②焦… Ⅲ.①多幕剧-话剧剧本-俄罗斯-近代 Ⅳ.①I512.34

中国国家版本馆 CIP 数据核字（2024）第 097788 号

万尼亚舅舅 契诃夫戏剧全集 1 名家导赏版	Антон Павлович Чехов ［俄］安东·巴甫洛维奇·契诃夫 著 焦菊隐 译	出版统筹 赵武平 责任编辑 陈飞雪 装帧设计 张擎天

上海译文出版社有限公司出版、发行
网址：www.yiwen.com.cn
201101 上海市闵行区号景路 159 弄 B 座
上海市崇明县裕安印刷厂印刷

开本 787×1092 印张 3.5 插页 2 字数 44,000
2024 年 6 月第 1 版 2024 年 6 月第 1 次印刷
印数：0,001—8,000 册

ISBN 978-7-5327-9587-1/I・6009
定价：27.00 元

本书中文简体字专有出版权归本社独家所有，未经本社同意不得转载、摘编或复制
如有质量问题，请与承印厂质量科联系，T：021-59404766